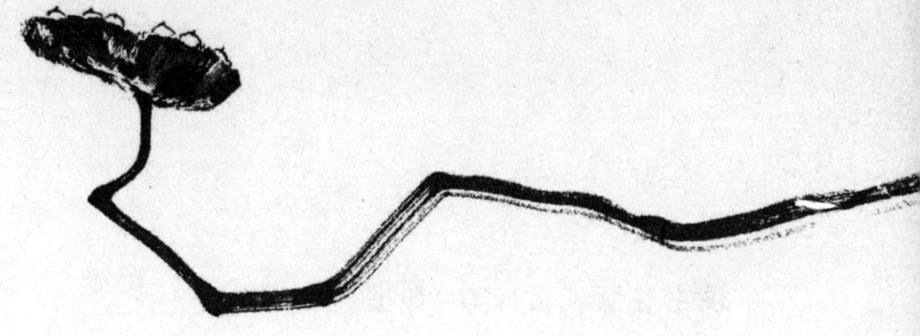

我心安静

陈远明 著

浙江工商大學出版社

图书在版编目(CIP)数据

我心安静 / 陈远明著. —杭州：浙江工商大学出版社，2015.11

ISBN 978-7-5178-1363-7

Ⅰ. ①我… Ⅱ. ①陈… Ⅲ. ①散文集－中国－当代 Ⅳ. ①I267

中国版本图书馆 CIP 数据核字(2015)第 256310 号

我心安静

陈远明 著

责任编辑 沈 娴
封面设计 林朦朦
责任印制 包建辉
责任校对 何小玲
出版发行 浙江工商大学出版社
(杭州市教工路 198 号 邮政编码 310012)
(E-mail：zjgsupress@163.com)
(网址：http://www.zjgsupress.com)
电话：0571－88904980，88831806(传真)
排 版 杭州朝曦图文设计有限公司
印 刷 浙江云广印业股份有限公司
开 本 710mm×1000mm 1/16
印 张 7.625
字 数 159 千
版 印 次 2015 年 11 月第 1 版 2015 年 11 月第 1 次印刷
书 号 ISBN 978-7-5178-1363-7
定 价 36.00 元

浙江工商大学出版社营销部邮购电话 0571-88804970

自　序
心静道自现

人是天地、社会、过去、现在、未来种种关系的交汇点。

天地人的规律就是道。

意欲离苦得乐是人的本能。每个人都希望拥有幸福。

然而，幸福属于会幸福的人。

一个人如果内心无法安静，就不会找到真正的快乐和幸福。这样的人生，即使拥有得再多，又有何意义。

人只有在内心安静的情况下，才能使自己与天地合其德，与日月合其明，与四时合其序，才能使自己的思想和行为不断地接近道，合乎道。

同于道者，道亦乐得之。

人生就是这么一个不断学道、悟道以求得道的过程。

心静则智生，智生则事成。学道过程也是一个使自己不断安静的过程。也就是“心静道自现”。

“人能常清静，天地悉皆归。”内心安静又能使一个人产生强大的力量。当一个人安静的时候，就能不断感受到生活的美好，生命的美妙和潜能。

道无古今，悟在当下。离开生活找不着道。凡是感恩，处处可感恩。凡是成长，事事可成长。凡是抱怨，人人可抱怨。能念念在道，则处处是道。心中有道，人生处处是道场。

成佛不易，开悟不难。本书收集了自己在安静状态下对生活、对文化、对读书、对旅途、对历史的感悟。

感于斯，故取书名为《我心安静》。大悟自在静中。唯有安静，才能永恒。

万物静观皆自得，人生宁静方致远。

世界有尽，我愿无穷。但愿我的感悟对有缘者的心态、行为、人生能有所启发和改变。

作　者

2015 年 6 月

目　录

第一辑　生活的感悟

第二辑　文化的感悟

第三辑　读书的感悟

第四辑　旅途的感悟

第五辑　历史的感悟

第　一　辑

生活的感悟

开卷语　生活即道场，天地即禅堂

溪林春天的早晨

当初选择安家在溪林春天,是因为看上了这里的水系。三茅溪在对岸突然向东南拐了个弯,使此地一下子成了朝怀水。朝怀水有所谓"逆沙一尺可致富,朝水一勺能救贫"之说。而庭前那汪清澈明净的池水,更使我下定了决心。

如今,住进新家已经半年有余了,我更觉喜欢。有人说:"春有百花秋有月,夏有凉风冬有雪,若无闲事挂心头,便是人间好时节。"我对生活本就热爱,眼中自然都是好风光。佛经中也有"相由心生,境随心转"之说。也就是说,同样的景物,美与不美都只不过是心的作用而已。其实美并没有客观的标准,所谓"境本无生因心有,心若无时境亦无"。但我觉得以平常心看待此处是和谐的,和谐的也就是美丽的,尤其是早晨。

那千余棵保存完好的松树,无疑是一大亮点。2003 年,我陪一位老领导调研历史文化名城时,专门驱车调研考察了城区尚存的松树林,极力呼吁要加以保护,认为在城区中保存几片原生态的松树林,是提升城市品位的需要。结果八都的、玉湖的都毁了,能真正保存下来的仅此几处。由此也让我佩服开发商的眼光。这也许是我独爱此处的一个原因吧!有事没事,我经常到这里走走。有时也带着朋友拿着茶杯到这里喝茶聊天,阳光透过密密的松树照射在我们的脚下。几个知心的朋友在这里谈着人生，谈着生活，谈着社会，这又是怎样的一种从容，一种淡定，一份惬意？其实，在喧嚣与浮躁的社会里，人们缺少的就是那份从容与淡定，那种不慌不忙、不疾不徐。淡定的人生不寂寞。尤其是早晨，薄雾笼罩之下，一个人走在旁边挂满松针的树林下，仿佛是从历史的深处走来。这时心格外宁静，空气格外新鲜，仿佛有一种走出漫漫长夜的感觉，因“三界无别有，唯是一心作”，所以又好像置身三界之外的境界。抬头，薄雾缠绕树林那种若隐若现、似隐似现、忽隐忽现的情景，真的好像是人间仙境。

而区内的小溪更是一景。区外有大溪，区内有小溪，两者交相辉映。小溪最后到房前汇集，形成两泓池水。水是有灵性的，这条园内的小溪，使小区富有了灵气，鲜活了起来。“智者乐水，仁者乐山”，山水各有千秋，仁、智也是我们所求，即使力不能及，也都心向往之。因而“聚水局”成为大多数人的追求。清晨站在一楼，面对的是那笑容可掬的一泓池水，心是没有理由静不下来的。而抬头，就是那袅袅的炊烟，映入眼帘的是一派生机勃勃的景象。这就是新一天的开始，也是许久不见的乡下场景。此时此景，心中那种亲切感油然而生。晨为一日之始。在这种温馨而亲切的氛围中开始的一天，应该是快乐的、宁静的，也是平和的、幸福的。

还没入住的时候，经常问朋友：“住在那里感觉怎么样？”回答是：“很好，就是到城里有点远。”是啊，这里的定位就是乡下。早晨那些勤劳的农人，拿着锄头在劳作着。路边，一些上学的孩子，一面走，一面哈出白气，两只手不停地搓来搓去，背上的书包沉甸甸的。这是怎样的一幅生活场景图啊！这又会引起人们多少的遐想？每个人都生存或曾经生存在故乡的树荫庇护下，风再大，雨再暴，根始终要深深地扎着。也许人面会苍老，记忆会消散，景物会变迁，岁月会潜行，但故乡的炊烟、父母劳作的背影和儿时求学的记忆，是久久难忘的。而这里的场景就能不时勾起这种回忆，引起思乡情结，让人思绪万千。这就是溪林春天与其他小区的不同之处。

"美"字笔画并不多，可是很不容易认识。"爱"字人人认识，可是真正懂它的人却很少。"和"字容易写，却没多少人能实现。

清晨那松树林，那炊烟，那池水，那小溪，那劳作的农人，那小孩，构成了一幅多么和美的画面呀！

《天台报》2011 年 12 月 14 日

老县堂的美

我县的老县堂，是一座典型的四合院，现为县级文物保护单位。关于它，在不同的年龄，不同的时间段，我有着不同的记忆。

求学时，老县堂就在天台中学隔壁，是庄严、神圣、神秘的象征。

后来，因为工作单位也在隔壁，几乎天天与之相处，它给我的那种神秘感虽然消失了，但是威严感依旧。因为与之天天相处，无形之中又是带有感情的。

2003 年机关大院搬迁前，政协多方争取，认为要保留历史的文脉，又发动在京联谊会的同志呼吁，最终县里还是顺应民心，把老县堂原地保留了下来。作为当时那份报告的起草者之一，我对它又多了一份特殊的情感。所以，单位搬迁后，对老县堂，我总有一种依依不舍的情感。因为这种情结，每次路过时总要多看几眼，并不时在想，老县堂你还好吗？

去年 9 月份，因为工作的调动，我再次回到老县堂时，那种亲切感和回归感是无法用语言表达的。总的感觉是太美了，但是，一时之间又说不出美在哪里。

对于美的追求是人类的共性。美是一个抽象的概念，需要用心去发现和体会。衣冠楚楚、相貌堂堂或许是美的，赏心悦目的美，但是如果内心自私、丑陋无比的话，别人也感觉不到其美。一个美丽的女子很美，当你想到一切都是暂时的，随着时间的推移，也会变老，最后死去，也就感觉不到美了。相反，像济公一样“鞋儿破，帽儿破，身上的袈裟破”，照样走进千家万户，成为公平正义的象征；寒山子蓬头垢面，一副寒酸相，但他的作品漂洋过海，成为文化的使者。你能说他们不美吗？

所以，美是无处不在的，是要用心去感受、体会和领悟，用时间来检验和考察的，是一种比较理性的内在。

世界因情感而复杂。尽管人们常常说，熟悉的地方没有风景，但是随着时间的推移，我还是感觉到它的美、它的内在。不论从哪个方面说，它都是美的。

从地理位置上看，它是天台历代县衙所在地，是天台的政治中心，是天台古城1800多年的历史见证，是中山东路和中山西路两大历史街区的中心点，是历史文脉的连接点，是浙江现存唯一的民国老县堂。

古人是很讲究风水的，所谓“风水之法，得水为上，藏风次之”。而如何藏风，就是讲山的位置，也就是讲山水的和谐。老县堂就尽得山水之和谐。其左边为妙山，右边为坡山，后面则有飞鹤山牢牢地作为靠山。水势则更为顺畅，左边为乌石溪，右边则为赭溪，前面就是天台的母亲河始丰溪。也正因为有山的呵护、水的滋润，老县堂自建县以来就一直作为天台的中心，源源不断地滋润着一代又一代的天台人，创造出光辉灿烂的历史文化。

一座山水结合得如此完美的千年县堂，又是文化的象征，能说不美吗？

从建筑上看，老县堂坐北朝南，总占地982平方米，建筑面积953平方米，由大堂、后堂、左厢房、右厢房、过廊和围墙组成。它是融官署文化和古代建筑艺术为一体的一座四合院，又是天台传统建筑与西方建筑的一种完美结合，是天台古城的发展与变迁，以及中西文化交流的一种见证。

大堂，现在是某老年协会的活动场地，为单檐歇山顶，面阔三间，进深四间，明间缝用抬梁式结构，十三架椽屋设前后廊，前金柱高于后金柱一椽步，后金柱与脊檩间加设一椽步，前檐柱用方形石柱，后檐檩置于后墙上。石板地面，小青瓦屋面，阴阳合瓦，配瓦当、滴水。两侧山墙及后墙均为砖砌斗墙。门洞用条石拱砌，而门、窗及窗套则为西式做法。它是典型的东西方格调的完美结合。

两边的厢房则把东西方建筑完美融为一体。厢房形式较为独特，木作七架梁直接搁置于山墙之上，靠内院一端为歇山式，靠外侧则为硬山式，山墙做西式三角顶，顶高于屋脊，墙上塑有天平图案。

后堂则为古老的东方建筑。九间硬山顶式二层建筑，混合结构，脊分三段，每段末端略翘起。二层楼面为木楼板，屋架为单架结构。底层地面高于大堂地面。现有人大老干部活动室、劳动路指挥部、天台县地方志办公室三个单位。

什么是美？和谐就是美。外人眼中一座破败的四合院，我们看来却很美。坐在办公室，远眺钟楼，外面绿树成荫，大堂的歇山顶就在眼前，一只小猫在那里安了窝，经常可以看到它眯着眼、睡着懒觉，那种悠然享受着生活的态度，也是一种内在的美。大堂屋顶上，经常可以看到一些不知名的鸟聚集在那里，或叽叽喳喳叫个不停，或一字儿排着，好似在开会，或一动不动，好似在思考着什么。它们好像丝毫不为周围的喧闹所影响。在喧嚣的市区，是很难找到如此安逸、恬静而和谐的地方的。

而这一切的美离不开最活跃的因子，也就是人的和谐。老县堂现有五个单位在办公，在城区这个地方它也是难得一个适合老同志慢节奏生活之处。老年协会里时时有悠扬的歌声、琴声传来，很美妙，很动听。那种艺术氛围、老有所乐的氛围，足以彰显太平盛世的繁荣与幸福。老人们还忙里偷闲，在院子里种下了各种各样的花花草草和各种各样的蔬菜，一方面是闲情逸致，陶冶情操的同时也美化了环境，而能吃上放心菜也是一件幸福的事。桂花开的时候，整个院子都弥漫着沁人心脾的桂花香。在这样的环境中工作、学习，能不幸福吗？地方志办公室是个文化单位，虽为典型的清水衙门，但文化人自有文化人的乐趣，因为每一项爱好里都蕴藏着无限的精彩人生。

美在发现，不在寻找。美是要用心去发现的，老县堂的美，美在和谐：山水与人文的和谐，现代生活与古代文明的和谐，中国古建筑与西方建筑的和谐；而人作为最为活跃的因子，其和谐则是最美的风景。

老县堂的美，美在那份历史的厚重，那份神圣的庄严，那份朴实的内在，那份悠然与和谐。

《天台报》2012年10月31日

天台山美在哪里

天台山到底美在哪里？不同经历、不同眼光的人，从不同角度看，会有完全不同的答案。

有人说，天台山的美是一流的，可与黄山、张家界等媲美，都有古诗为证。也有人说，天台山的美，其实不在风景，而在传统文化。因为只有文化的美才是沁人心脾、渗入骨髓的。足以让人流连忘返的，才是真正的美。

美，是个复杂的概念，反映着人类的价值观。对它的发现，全在于对它的理解程度。小时候认为苦难的，简直难以承受的事情，现在回忆起来，也许是很美好的。因为在人们的心中，凡是失去了的、回忆的、遥远的，大多被认为是美好的。比如一个人在三茅溪东岸散步时，看到西岸的风景很美好，但到了西岸，又感觉，还是东岸的草房子富有诗意。

对于一个生活在都市里的人而言，或许感到李绅笔下农民"汗滴禾下土"的生活也是值得憧憬的，但是在烈日下耕种的农民，更关心粮食的丰收与否，根本感觉不到美。情人眼里出西施，是否真的就是西施，还是一个问题。

但是另一方面，不管何种形式，何种眼光，只要感觉是美的，肯定就是和谐的，至少在自己内心里是这样认为的。所以，从大的方面来说,美就是和谐。

这种特点说明美是具有发散性、多维性的,但万变的是形式,不离的才是其本质,本质就是和谐。

而天台山客观上就具备这种美——和谐的美。这种美,美得大气,美得自然,美得悠久。这是闪耀着人性光辉的、富有活力的美,是能跨越时空、形成千年的积淀、喷发出火山般力量的美,是以势不可挡之势直通人性的美,也是人心向往的人性之美。

曾经因为某种原因,我在一个暑假两次到过普陀。面对如山的人群,我想:他们到底是来干什么的?仔细分析,不外乎三种情况。为热闹而来,就是为了证明自己到过普陀,到过观世音菩萨的道场,其实可能连观世音的像都没看到;为信仰而来,这一部分人,就是来完成心灵上一个寄托,表达内心的一种愿望,安放一颗心灵;当然,还有一部分人为学习而来,是抱着学习佛教文化的目的而来,这其实只占很少一部分。

细细品来,到天台山的人,也是如此,也分这三类。但是人气为啥没有普陀那么旺?根本原因是,缺乏一个主题,一个与人息息相关的主题,一个一下子吸引住人的主题。像普陀山有慈德的主题,五台山有智德的主题,峨眉山有行德的主题,九华山有愿德的主题。

我们缺少的正是这个主题。

我们天台山的主题定位应该是和。相比慈、智、行、愿,和的主题更加简单、明了、突出。

和,是我们中华民族的基本精神,是万物的特征。因为世间万物是各得其和以生。这也是时代呼唤的一种正能量。当今全球化时代，需要全球化的理念，这个理念，不是斗，而是和。习近平总书记的“天人合一”的宇宙观、“协和万邦”的国际观、“和而不同”的社会观、“人心和善”的道德观，实际上体现了同一个“和”字。

儒家讲，和谐世界，以礼相待；佛家讲，和谐世界，从心开始；道家讲，和谐世界，以道相通。三者在天台山都有着极深的渊源，如同经典历经万世而常新。

天台宗中兴之祖——九祖湛然提出“无情有性论”，提出佛性无处不在，自然万物皆有佛性，都能成佛。因为扩大了成佛的对象，所以天台宗一度中兴，后来发展成天台山佛教“依境立观，万物有性”的本体论，主张人与自然“缘起共生，依正不二”，讲的就是人与自然的和谐。天台山道教文化中的“天人合一，天人同构”的宇宙论，追求的是天人合一，人与自然的和谐。

天台山佛教文化“三谛圆融，治生即道”的入世论，“慈悲做人，智慧做事”的处世论，讲的就是人与人如何做到和谐相处。天台山道教文化中“身国同理，三教合一”的治国论，强调的是个人与国家的和谐统一。天台山儒家文化“士农工商，四民皆本”的治世论，一反以前重农抑商的传统，主张四者不分主次、和谐共生，强调的就是人与社会的和谐。

天台山佛教文化“性具善恶，超凡入圣”“法不孤起，仗境方生”的佛性论，天台山和合二圣“安身乐道，自我湛然”的心性论，强调的是人内心和谐的最高境界——“是心作佛，心即是佛”。天台山道教文化“形神合一，性命双修”的道性论，提倡形与神的一体，心性与生命共修，达到内心的和谐。无论是道性论、佛性论，还是心性论，其实质都是“以人为本”的人性论，主要探究人的自我和合，即旨在追求人的内心的和谐。因为“内有不和之因，外结不和之果”。

当今世界的快速发展，也引起了人与自然关系、人与人关系的高度紧张。这种紧张，引起了人们的普遍焦虑：首先是社会失范的焦虑，表现为诚信的缺失、心理的失衡；其次是文明冲突的焦虑，表现为不同民族、国家、宗教之间的冲突。这种焦虑、这种冲突、这种缺失都需要文化的理念加以调解。文化表现是民族的根，外化为信仰，内化为精神。一个缺少文化、缺失信仰的国家或地区，即使一时发展很快，也是缺乏后劲的、蹩脚的、不美的。

天台山的美，美在儒释道三教、天地人三才、日月星三光的完美和谐。这是合乎自然的美，是不着痕迹的美，是直通心灵的美，是见过一面，足以让人回味一生的美，也是富含生命力的美。这种既古老又现代、既高尚又乡土、既出世又入世的美，不是简单的文化熏陶，而是“和羹之美，在于合异”后形成人生的“上下之益，在能相济”之刚柔相济的美的文化，它的美在于儒释道各家文化的和谐相处，在于能入乎其内，出乎其外的化，在于文化与时代的辐射与对接。这样的美是富有灵性的，足以让我们在生活的任何一个点上激发生命的活力、人生的希望，从而创造大和，达到大美的人生境界。

对美的追求是具有普遍性的。天台山这种既具古典，又富含现代气息与时代特色的美，更是社会不可或缺的。众里寻他千百度的美，是一种大美，是具有唯一性、经典性、开发性的美。可惜我们还没意识到，这种美是需要花大力气加以挖掘、加以弘扬的，因为这是时代的主旋律。未来社会，做文化才是大产业。一个社会、一个地区的崛起，需要思想的转变、制度的改变，然后才是根本的改变。如果思想没有改变，社会永远不可能有大的跨越。这就是天台山美的价值。一个内心有美的人，不用向外寻找春天，处处是春天，时时是春天，每个季节都是最美的季节。同样，一个内心充满祥和之气的人，到哪里都是最美的季节。

这就是天台山的美丽所在，也是天台山的魅力所在，更是天台山发展的潜力和希望所在。

美是一种生产力。大美天台，大和人间。愿和风从美丽的天台山吹遍全球，温暖每一颗冰冷的心，从此世间不再有孤独和纷争。

《天台报》2014 年 7 月 23 日

人生四十感怀

再过几天，就要四十岁了。

四十岁的年龄是尴尬的。

孔子说："四十而不惑。"那是孔老夫子自己的感想，对于绝大多数人而言，惑与不惑并没有标准答案，谁也难说得清、道得明；不同的经历与境遇，有不同的感悟与诠释。说"不惑"，是因为四十岁的人，已不再迷茫；认定了的事情，就能持之以恒地坚持做下去。一个人既有自己的时间，又能找到生活的乐趣和生命的意义，实在是一件很快乐的事情。说"惑"，是因为人生的很多事情是无法解释的。一个人不讲理是缺点，硬讲理是盲点，所以人生本就是迷茫的。季羡林先生说，对绝大多数人而言，"人生一无意义，二无价值"。

所以惑是绝对的，不惑才是相对的。

四十岁的人生是忙碌的。

特别是对于四十岁的男人来说，生活并不因为你想平淡而平淡，你要在家里扮演撑起一片蓝天的重要角色，去营造家的温馨，去化解家的难题。在琐碎的生活中，既要向上善待老，又要向下呵护小；既要当好儿子，又要做好父亲、做好丈夫。哪怕为工作生活所累、所困，也得学会忍受失落与委屈，学会以适当的方式自我排解。忙完一天回家后，还得拂去不快情绪，微笑面对家人。所以对于四十岁的人来说，是没有“闲看庭前花开花落，漫随天外云卷云舒”的闲情逸致的。

但是有智慧的人能“身忙心不忙”。

四十岁的人是睿智的。

能战胜别人的是聪明的人，能战胜自己的是睿智的人。到四十岁的时候，历经了社会的风霜雨雪、人生的吉凶善恶、情感的喜怒哀乐，看穿了人生的无常和因缘，于是不再那么执着，那么较真，已经从浪漫幻想的天空走向现实的大地。四十岁，是超脱的、觉悟的、理性的。不会太执着，也不会玩世不恭；不会那么清高，也不会过于庸俗；不会特别自傲，也不会非常自贱。有了一双洞察世故的法眼，不再被社交场上的虚情假意迷惑，能把怜悯、同情、喜欢辨别得很清楚。

睿智的人“知世故而不世故”。

四十岁的人是成熟的。

成熟不是能说服多少人，而是能放下多少事。四十岁的人生，生活的种种历练和考验，已经把自己打造、磨炼成型。对待纷繁喧嚣的现实，学会了气定神闲地面对，坦然大度地接受。因为，无论做什么，需要的，只是踏踏实实做事，老老实实做人，学会宽容，学会谅解，学会沟通。我已变得平和豁达，淡泊宁静，保留了本色，脱去了矫情，自然而然地涌动着一股从容、干脆、利落的情怀。心里想做什么，就勇敢地、直接地去做了，不必再顾忌许许多多。已四十岁了，我也知道自己的春、夏都已过了。时光多么珍贵，所以有空常带着孩子回家看看爸妈。同老人说说话，也是一种幸福，一种满足，一种快乐。人生因为有牵挂而快乐。我已深知“人生难得，佛法难闻”的道理。

四十年的人生让我感慨万千，却又想不出更多的词语来表达。好像是不惑的，是成熟的，是忙碌的，是理性的，是宽容的，是淡定的；又好像是迷惑的，是虚伪的，是狭隘的，是自私的，是矫情的；好像是幸福的，又好像是痛苦的；好像是悠闲的，又好像是忙碌的；好像是坚强的，又好像是脆弱的；好像是多情的，又好像是无情的；好像是快乐的，又好像是痛苦的；好像是成熟的，又好像是稚嫩的。这也许就是真实的人生。

四十岁的男人总是宽容大度、温文尔雅，少了几分小青年的张扬和血气方刚，多了几分成熟男人的理性与持重，既不会冲动起来就不计后果，又不会矜持得太过绅士，以致失去应有的人生激情。虽然并不花枝招展，但那种曾经沧海的神闲气定，那种被挫折打磨出来的沉稳从容，那种宠辱不惊的闲适气度，是其他年龄做不到的。

一句话，四十岁是复杂而尴尬的年龄。

《天台报》2011 年 12 月 28 日

益总的情怀
——记陈益民

认识益总是十几年前的事了。那时的我刚出校门，作为意气风发的文化青年，去得最多的是当时的天台报社。与其说是拿文章去请教，还不如说是去投稿和联络的。

记得一个夏日的早上，与往常一样，我拿着一篇文章走进那家报社。偌大的办公室里空荡荡的，只有一个个子不高的年轻人坐在那里，不知想着什么，见我进来，问我“干啥”，我说“找人”，他说“不在”。我就要他替我转交文章。他看了后对我大加赞赏了一番。当得知我就在他所在村教书，而他家就住在校门口时，我们之间的距离无形之中拉近了许多。他告诉我，下个月他要到新的单位（天台县人大），并鼓励我说，只要在这条路上持之以恒地走下去，将来肯定能有所成就。

这就是我们的初次见面，人生的相遇和错过就在因缘具足的一刹那。假如那一天我没去报社，或是晚一点去，去的时候他走了，或者我去了他没去，或者我没有把文章交给他，或者他拿走文章没有看，或者文章就是没有思想，引不起他的共鸣，或者我不在他所在村的学校教书，又或者他家不住在校门口，或许就没有如此多的话题了。因为人与人的交往，心性相通才是最重要的，而这一切因缘都在这偶然之间具足，这就是缘分。

这是一个有思想的人，这就是我对他的第一印象。

下一次去的时候，他已经进了新的机关，就在原来报社的前面。

以后我们走动得多了，交谈得也多了。有时候他回家，也到我们学校看看。

两年后，我也进了政协机关，就在他单位的隔壁。实际上就像在一个单位，几乎天天碰到。天天碰到又好像无话可说。于是我们过一段时间，特意约一下，坐在一起谈一下，谈书法，谈人生，谈社会，谈人性。

世事真是奇怪，几年后，我也进了人大机关，我们竟然到了同一个机关。朋友关系之外，又多了同事领导关系。此时才得知，他在单位有一个绰号叫“益总”，其实这个“益总”的具体含义到现在我也没搞清楚。只知道他是机关的总管，从秘书干到办公室副主任，再到主任。一方面是总管，另一方面，领导都满意，同志都开心，所以同事都开心得“益总益总”地叫。

“以后叫名字，叫职务，还是叫益总?”有一次我问他。“还是叫名字吧。”他说。在单位叫领导名字确实不大合适，但是因为叫惯了名字，一下子又改不过来。所以也跟着“益总，益总”地叫，反正大家都在叫。

人性是复杂的。了解一个人是很难的，因为从不同的角度，可能得到完全不同的答案。有朋友说，益总是个有思想的人。从同事角度看，起先我也找不到一个词来表达。后来一次交谈中，忽然想到可以用“情怀”两个字来表达。一个有思想的人，不一定是个有情怀的人，就跟一个人聪明不一定有智慧一样。这种情怀包含两方面意思：横向看，是一种有容乃大、包容万物的胸怀；纵向看，是一种跨越历史、纵横天下的姿态，是一种豁达大度，一种襟怀坦荡，一种超凡脱俗，是一种坦荡的、低调的、深厚的、高远的和博大的心胸。

我们可以就《百家讲坛》中一个读音讨论半天，可以从一句古诗出发讨论半天的人生哲理。

2011年后，我调走，有人说益总少了谈理想、谈人生的地方。他自己也说，走来走去好像少了些交流思想的地方，感觉生活少了些什么。

几个月后，益总也调走了，调到了天台县文联。

我们到新单位去看望他时，他说要成立一个工作室。我们当时以为这只是一个随意之说，或是一个长远的规划，也就没放在心里。

不料，正月刚过，一个月不到，益总打电话跟我说，要我到他的工作室去参观一下。我感到惊奇，怎么这么快！

工作室位于县城的郊区，从单位出发大约十分钟的车程。到那里后，他给我介绍了选址的理由、工作室的定位、发展的方向。我也提了一些建议。

人生本就有很多痛苦，尤其是现代的人节奏快、压力大、追求多，烦恼也多，因而都喜欢有一个清净的地方，最好是一个可以真正放下心来的地方，可以讲人生的地方，可以解除人生烦恼的地方。世界在变，唯有人性永不变，这也是历史往往惊人地相似的原因。为什么佛教名山人气那么旺，因为他们不在乎到普陀山观世音菩萨那里学到了什么东西，受到了什么教育，而是为了到那里去看一下观世音菩萨，寻找一份宁静。人生就是这样，尤其是旅游，需要的是人气。一个地方人气想旺，一定要能解决什么问题。如果把工作室打造成一个解忧中心，那么对整个天台县人气的聚集、天台山知名度的提升、旅游业的发展，都有不可估量的作用。这或许是一种新的路子，一种比原来更高的境界，也就是《楞严经》所说的"圆满菩提，归无所得"，也就是所谓的"在有非有，居空不空"。就像一个人做生意，如果执着于赚多少钱，未必会收获很大；如果反过来想着怎样促进社会发展，可能会有大的收益，所谓"大商言道，小商言利"。

这就是益总的情怀——"以无所得，才是真得"。

2012 年 5 月

懂茶之人 必懂人生

2014年5月10日上午，我们台州市同创办在路桥三化考核。我负责城中村这一组，中途接到天台政协原主席杨廉素的电话，说有一件事和我商量一下。

杨主席自2012年从领导岗位退下来后，转而从事茶文化的研究和茶产业的开发工作。因为思路多、影响大、口碑好、人缘广，经过几年的运作，不论茶文化还是茶产业他都搞得有声有色。

2014年1月开始，杨主席作为群众路线教育督导组副组长进驻黄岩区。去的时候和我联系过，说也南下了，要到9月结束。

领导对我有知遇之恩，所以第二天，三化考核一结束，我就赶往黄岩。赶到时，他们督导组刚要去开会，就匆匆说了几句。他们问我挂职几月结束，并说明他们的天台山茶文化刊物自2011年创刊以来，一直没有出第二期，内容都有了，因为希望出得有文化一些，所以希望我能帮助一下。

其实我对茶道、茶艺之类根本是不懂的，市同创办的挂职到何时结束根本还是一个未知数，因此我就说等挂职结束时和他联系。

种菜一悟：人生如菜，菜如人生

搬至新家后不久，就在旁边的荒地上种起了菜。

虽然以前也跟我妈一起种过菜，但那时最多只是一个帮手，帮妈拿拿东西，或者锄锄地而已。所以独立种菜，对于我而言，真有一种“筚路蓝缕，以启山林”的感觉。我清楚地记得，第一次向楼下大爷借锄头时，大爷说的一句话。他说：“光种下去还是不行的。”言外之意，种下去只是第一步，更多的工作还在后面，凭一时兴趣肯定吃不到菜。

我说：“学吧，向大家多请教吧。”

当天上午就种下了大约20平方米的青菜苗和白菜苗。

第二天，我们就基本配齐了工具：锄头、喷雾器、洒水壶和小铁铲。

万事有始终难定。很多事情，如果不自己亲身经历，是不知道其难处的。青菜经常吃，特别是冬天的青菜，那种味道确实美极了，甜甜的，嫩嫩的。我平时只知道又好吃又便宜，只知道理论上是怎么种的，而对于它事实上是怎样种出来的，却关注得很少。通过边学边种，确实学到很多，也感悟到很多。

种菜历来被认为是无大志者所为。《三国志·蜀志·先主传》记载：“备时闭门，将人种芜菁。曹公使人窥门。既去，备谓张飞、关羽曰：吾岂种菜者乎？曹公必有疑义，不可复留。”其义后用以比喻人无大志。

其实我认为，小生活中蕴含着大人生、大哲学，种好菜也是一种大智慧。

世界并不因为我种下了菜苗，撒下了种子而有所改变，但是我的生活确实因为种菜而发生了变化。又因为我的生活发生了变化，看事情的眼光、心情发生了变化，所以世界看起来似乎发生了变化，所谓“心转万物”，甚至对许多事物的看法都发生了变化。

菜苗刚种下去的时候，一天不知要看多少回。上班之前要看，下班回家要看，晚上走路也要去看一下。那种盼着菜苗早日成长的心理，没有经历过的人确实是难以理解的。越是急菜苗越是不见长大，真恨不得它一天长成大白菜，虽然明知这是不可能的，因为自然万物都有其生长规律。

世界因情感而复杂。小学时学到的拔苗助长的故事，以前都是认为该农人无知愚昧。有了这么一个经历，虽然感到那个农人有点傻，但傻得有点可爱。

日子还是这样一天天地过，只是生活中又多了一份希望。有希望、有梦想、有追求的人生应该是幸福的、快乐的、充满阳光的，也是充实的。

快乐的时光总是过得很快。经过将近两个月的拔草、施肥、松土、除虫，大一点的菜苗终于长大了。当吃到自己种的第一株绿绿的青菜时，那种激动的心情真的是难以言表。尽管到外面买也不贵，但是自己种的，是有感情的，也是绿色的放心菜。

从此以后，我上菜市场的次数明显少了。

接着在不大的园子里又种下了白菜、莜麦菜、芥菜、甜豌豆等十几种蔬菜。经过半年多的边学边种，可以说对下种的深度、施肥的浓度、行垄间的宽度、土质的疏松度、作物生长的习性都有了大致的了解。春天来了，那绿油油的春色看着也是一种美景。尤其是对于在钢筋水泥丛林里生活的现代城市人，那份绿更可爱，况且过程本来就是一种锻炼。

早上，去菜地拔了两株青菜，回家烧了菜泡饭给女儿吃了上学，感觉真是幸福。幸福的是女儿爱吃，幸福的是拔菜这么方便，幸福的是种菜成功的喜悦。因为有感触，把女儿送去上学后，着手感悟菜中的人生。

种菜播种的是希望，打理的是细心，等待的是耐性，收获的是成功的喜悦。要种好菜，看似简单，其实也难。这就是人生。

其实人生很多事理本就是相通的。种菜是一种实现，做人是一场修行。我们常说“人身难得”，即说人身是十二种因缘缘缘具足才形成的。其实“菜身”也难得。菜也有其前世今生，也有其父母兄妹，如果中途不扼杀的话，它也会有下一代。它的长成，也要阳光、水分、土壤等各种因缘具足。每株菜都是唯一的，就像每个人都是唯一的一样。所谓“一花一世界，一叶一菩提”。

《天台报》2012 年 3 月 7 日

种菜二悟：一菜一世界

今天，在菜地种菜时，忽发如下感悟。

第一，菜是由种子生长发育而成，而菜在成熟的过程中，也孕育了种子。这里因果是循环的，所谓“种子生现行，现行薰种子”。

第二，种子长成菜需要土壤、水分、阳光等，所谓众缘和合而成。虽有其生长轨迹，但也很无常，人生亦是，所谓“人生如菜，菜如人生”。

第三，种子在土里，看似受压迫，实是在成长。人生亦如是，如果不逼自己一把，根本不知道自己有多优秀。从长远来看，每件事到最后都是好事。如果不是好事，那说明没到最后。

第四，两个星期连续下雨，草长得很快，端午节整整锄了一天。今天早上一大早，又去行动，才基本完工。杂草多的地方果实少，闲话多的地方智慧少。

第五，蔬菜采了还会重生，甚至有些根茎类植物摘其一部分就可延续其生命，故不能算杀生。但动物杀了就没了，对此还是有恐惧感的。

第六，一花一世界，会看花的人，把花的精、气、神都吸引到人身上，不会看花的人，却被花吸收。智者看花如此，看菜亦如此，看事物都如此，所以智者有时虽然很忙，但其精、气、神却很旺。

人生的全部道理其实都可归纳到菜地上，尤其是我的菜地，边种边悟，边收边悟，边吃边悟。

这就是一菜一世界。

许多事情意义不在其本身，而在人们对其觉解程度。有智慧的人不会烦恼，反而无论何时都会过诗意的生活。

2014年6月7日

种菜三悟：人身难得，菜身亦难得

今天在菜地看着可爱的青菜，联想到以前的劳作，忽发感悟。

第一，清除杂草的最好办法，就是种上庄稼；消除烦恼的最佳办法，就是多看书，增长智慧。慈悲无敌人，智慧无烦恼。

第二，同一块地，种上同样的秧苗，结果长势大小差异很大，因其对营养吸收能力有不同。如同一班级，老师上同样的课，由于接受能力之不同，理解程度亦不一，每个人都有自己的乘，找到适合自己的乘才是最要紧的，如《法华经·药草喻品第五》中的“三草二木”。

第三，上苍要我做一株青菜，我就做好青菜，不做烂菜；上苍要我做萝卜，我就做好萝卜，决不做空心的萝卜。修行不分场所，做好自己的工作就是修行，天地就是一个大禅堂。心中有道，四处皆道场。

第四，一株菜，若用来吃，就是菜；若烂在田里，就是肥料；若烂在家里，则是垃圾。皆因用之在人，不在菜。

第五，人身难得今亦得，菜身同样也难得，皆各种因缘之聚合而成。故懂得生活之人，亦懂得珍惜身边任一小事。

2014 年 11 月 30 日

创卫是一场修行
——兼谈城乡接合部的整治

2013年6月14日早上，接到挂职通知时，其实，我是很不愿意来的。为什么？人对突如其来的改变，都是很不愿意的，这是人的共性。人都有惰性，习惯安于现状。

找人商量，别人说“好坏都是缘，随缘即好缘”。一个转念，两个世界。经过一开导就一念放下，万般自在。很多事情就是这样，所谓“提起千斤重，放下二两轻”。所以消诸疑悔，身意安然，因此我前去报到时是欢喜充心、愉悦映脸的。6月14日到现在，我的感想如下。

一、对多城同创工作的三点体会

（一）我们的创建是有意义的

事实证明，到这里来是对的，越来越有成就感。每当看到地面干净、马路有序，成就感油然而生，“生命是具体的，生活是细节的”，“人生的结果是刹那的，过程是精彩的”。人生的许多事情，其意义不在结果，而在过程。创建的结果永远只在一刹那，但其过程却是漫长而富有意义的，关键是过好这个过程，使这个过程富有意义。人生的许多事情，其意义和价值是要在很久以后才发现的。

无论对谁，人生结果都是一样的，但其过程千差万别。生命讲的就是这个过程。不同的人在不同的舞台演绎着不同的人生。小小舞台演绎着不同的人生，诠尽人间百态，这就是“人生大舞台，舞台小人生”。

一切福田，不离方寸。形形色色的人所做的工作，无非为了两种目的。一种是明显的功利，以追求功利为目的，因为几乎没有人是不好名的。另一种是为功德在做，以追求心里的快乐和安然为目的，比方说发自真心的无相的布施，这种工作往往要富有持久心，因为它是内发的。我们的创建工作就是以功德之心做功利的事，这是最有意义的。为啥这样说呢？我们的目的明显是为了三个国家级的称号，这是有明显功利性的。但是过程却是功德无量的，因为在追求功利的过程中，我们改善了三区几百万人的居住环境，提升了他们的幸福指数。

（二）我们是有能力的

三城同创是对我们市委、市政府执政能力的考验。具体是哪几种能力？我认为最主要的是长效管理城市的能力，这是政府追求的目标和百姓的愿望。国家卫生城市和环保模范城市就是以追求长效管理为主的。当然，文明城市测评有突击的可能。因为每个人的境界不同，世界对其意义是不同的。当然世界因情感而复杂，人都是讲感情的，所以公关的能力也是很重要的。每个部门都有其运行的规则。国家爱卫会设立国家卫生城市评选的目的，一方面固然是以此推动人民卫生意识的提高、居住环境的改善，但是另一方面，如果都通不过，其对各地又没吸引力，没人报了，也起不到提高卫生水平的效果。

人都有比较的心理，部门也一样，因为不论帝王将相、贩夫走卒，其人性都是相通的。为什么历史会反复地重演？就是因为人性是不变的。自古人性都是不变的，变化的是表现形式。但是如果报了都通过，那么又显得不严肃了。所以万事万物都是一体两面，每一件事都有几种不同的看法。在这种潜规则下相对而言，感情就占很大的优势，特别是在我们浙江有三个城市同时上报的情况下，感情因素，也可以说这方面的能力，尤为重要。

这三种能力中，以长效管理能力为终极目标，其他两种只能是辅助性的。如果不去追求长效管理能力，而只考虑其他两种能力，那肯定是舍本逐末。因为“天雨虽宽不润无根之木，佛法虽大不度无缘之人”。这是我的一个感想。

（三）创建是有信心的

我感觉我们的多城同创，肯定能成功。这就是信心。所谓人心自信自足，世间法亦须具足信心，信念坚定方能成就丰功伟业。坚定的信念会导致意想不到的结果，所以我是坚信明年我们一定会创卫成功的。真的，大家是否出现这样的情况，就是做一件事自己相信肯定能成功，结果大多是成功的，所以我们应有这份自信。因为自信的人生是美丽的人生、精彩的人生、成功的人生。因为信心产生力量和智慧，人可以凭这份自信心把握未来的偶然，用信心补足成功的条件。

二、对城乡接合部的三点思考

(一)城乡接合部的基本知识

定义:城乡接合部主要是指城市(县城)建成区之外、城市规划区之内的地段。地位:城乡接合部是城市的门面和窗口,其环境卫生状况的好坏直接影响到城市整体卫生水平和外在形象,是创"国卫"的重点也是难点所在,主要检查的是城乡接合部的环境卫生情况,检查方法主要是现场检查。特点:这些地方大多存在基础条件差、人员复杂、管理不到位等共性问题。

(二)我市城乡接合部的基本情况

我市共有84个城乡接合部,也就是城郊村。按区分,椒江有28个,黄岩有30个,路桥有26个。按街道分,一类街道有72个,二类街道有12个。最多的是霞芷街道,有11个,其次西城街道有9个,北城街道有8个,螺洋街道有7个。

(三)我市城乡接合部存在的基本问题

基本问题有八多八少。(资料来源:7月16日—7月18日调研,8月月中考核,9月旬考核,近几天破百难联系下乡)

1.基础差的村多,好的村少。检查22个街道,共有6个街道缺项。其中路桥的上张村、椒江的横河头村因为整体搬迁,基础较好外,其余的基础设施都不好,相对得分也不高,有些村还有被一票否决的露天粪坑(考核中没有发现)。总分3.4分,最低的创前王村总分仅1分,路桥的十份村1.4分。

2.硬件建得多,软件建得少。许多村虽然整体搬迁,建成漂亮的新房子，但是新搬迁户在门前屋后乱搭建、养鸡养鸭、毁绿种菜等情况较为严重，而他们在这方面的意识还没有达到现代的要求。软件教育，思想上的，还远远没有跟上。

3.洁化工作做得多，序化美化做得少。总体而言，地都打扫得比较干净，但是东西乱丢、乱放、乱挂等情况比较普遍。美化就更少了，有5个村，即椒江的创前王村、繁荣村，黄岩的新宅村、童家洋村、方山下村，路桥的十份村，基本看不到绿化。

4.突击的多，长效的少。一开始的感觉好像不错，地都扫得比较干净，让人感觉信心大增。16日到黄岩，杨俊说要到建设局开会。在会议室开好会，我从李慧军处拿了抽样表，问黄岩的有没有，回答说没有。结果到了黄岩第一个村——方山下村，扫帚飞舞，一派突击景象。到了后面的村，基本上就是地扫干净了。可见如果暗访的话，效果可能差不少。

5.外来人口多，本地人口少。城乡接合部一个显著特点是外来人口多，如黄岩的雅琳村1500多人中，有1000多人是外来人口。

6.农民多，居民少。这些城乡接合部，对每一个区而言，就是农村，因为撤地设市搞建成区，其才进入城郊，所以农民较多。而农民的很多意识和做法，如养鸡、养鸭、毁绿种菜等行为在一时之间是很难改变的。

7.思路多，行动少。有一个带我们的乡镇干部，说起来很有思路，说起村里改造的方向，很有计划。但我问怎么实施时，又说，这个要几年以后。我当时想，几年以后你或许已调离了吧。

8.困难多,思路少。不论是到街道还是村里,听得最多的是哪里哪里困难,如何如何困难(我们每发现一个问题,总能听到解释)。成功的领导是讲方法的,失败的领导是讲困难的。很多事情,关键是我们想不想做,如果想做总是有办法的,不想做总是有理由的。每个人对于每一件事都有不同的看法。乡镇一级干部思考问题的角度与我们不同,他们考虑的是如何不至于落到最后一名,下次推进会不至于上台表态,至于是否通得过他们是不会考虑的。所以接下来可能产生应付考核的文化。

三、对城乡接合部整治的三点建议

(一)创新宣传方式,变“要我改”为“我要改”

六道众生都有自己的理想。什么是理想?人们的理想,就是为了理想地生活。不同的人都在寻找自己的幸福。而人之幸福在于心之幸福,人之烦恼在于心之烦恼。幸福指的是精神,与物质有联系,但也有区别。如果能制心一处则无事不为,如果心分两路,则事不归一。而宣传工作主要解决的是心灵的工作(飘萍一支笔,胜抵十万兵)。(我把工作对象分为三类,即拿工资者、村干部、普通百姓。如果普通百姓动起来,那我们就省力多了。)通过前阶段的高强度的宣传,在机关中已形成了创卫的共识。但是对于百姓而言,就不一定了(8月7日路桥的例子,9月17日东方红村的例子等)。我认为,对百姓做宣传,利用网络、报纸等现代工具,效果可能不是很大。他们的信息,可能更多地来自乡镇干部。所以可运用传统的广播、宣传车等形式,高强度、高密度地宣传。宣传什么?宣传创卫的好处,宣传“国卫”知识,宣传要做的工作,宣传政府的决心。通过一段时间的宣传,肯定会有所改变,因为大家其实都希望居住的环境好一些,只不过无从下手。

(二)创新督查方式,变“要我扫”为“我要扫”

我们无法改变风向,但可以改变风帆。我们无法改变自己的容颜,但我们可以展现自己的笑容。我们尽不尽自己的努力,这是态度问题;做得咋样,这是能力问题。对城乡接合部,我们由于条件限制做不到美化,但我们可以做到清洁常态化。好比一个人,相貌是与生俱来的,无法改变,但可以通过学习改变自己的气质。人的形象分为五个方面,即外表、知识、文化、思想、境界,并且这五项是一步一步递进的,有境界的人生是很美丽的,是“人言我好坏,不生喜怒心”“是非审之于己,毁誉听之于人”这样的八风吹不动的境界。有境界的人配得起二十八个字。

拿得起,是儒家的;
放得下,是佛家的;
看得开,是道家的;
理得清,是科学的。

所以,说一个人是有知识的,还不是高评价,最高评价是有境界。

对于基础条件差的城乡接合部,地打扫干净,东西放有序点，也是一种美，可惜许多地方都没做到。清洁工人是很关键的。现在台州清洁工人月工资 2000 元左右。对同样的资金，我们分为三块：一块为基本工资，可定为 1200 元；再通过不定期的抽查，确定业绩，再根据业绩，确定另一块，即季度奖金；再以不同季度业绩的总和，确定年度的业绩，确定年度的奖金。这样，可实现真正的长效。改变那种吃大锅饭的、模糊的考核为量化的考核。心态决定状态，思路决定出路，管理底层靠的是制度，管理中层靠的是教育，管理高层靠的是思想，管理顶层靠的是信仰。

（三）创新考核方式，变“要我创”为“我要创”

三城同创，很大一部分工作就是清理垃圾。而垃圾总是和习惯、和精神文明紧密相连的。如果地面扫清了，我们的工作量也完成了很大一部分。一位政治家说，观察一个地方的政治，首先要观察这个地方的垃圾。确实，一个垃圾遍地的地方，不可能是政治清明、生态文明之地。因为至少反映了这个地方政府的效率及百姓素质。

针对街道提出的“目前部门没职责”的意见，实行部门联系街道制度。公布街道成绩的时候，部门一起公布。如果联系街道成绩差的，部门一起上榜。这样可以把部门的积极性充分调动起来。同时为在短时间内取得成效，建议将每月的 20 日设为“全民清洁日”，这一天所有的机关干部、学校老师、学生，全体上街进行打扫卫生、维护秩序、清除“牛皮癣”、搬运杂物等一系列创建的活动。通过一段时间的开展，大家的意识肯定会大有转变，进而变为自觉的行动。（前几天有一个地方提出设同创日，也许就是这个意思。）

人生有些时候真是两难，有些话是不说憋屈，说了又矫情。

人有多大的成就，很大程度上是由智商和情商决定的。我把人分为四类：

情商低、智商低，结果是一事无成。

情商低、智商高，结果是怀才不遇。

情商高、智商低，结果是贵人相助。

情商高、智商高，结果是一帆风顺。

我看在座的大多属于第四类：智商高、情商高，结果是一帆风顺的人。我感觉自己是属于第三类，属于智商低、情商高，结果是贵人来相助的那类。因为碰到的都是好人。我是没智商的人，来的时候心里很害怕，怕做不好，被退回去。结果到这里碰到的都是好人，很愉快地“滥竽充数”了五个多月。

一个人的发展受四方面影响：

读万卷书不如行万里路。因为书本是死的，知识是活的。

行万里路不如阅人无数。因为这是交流。

阅人无数不如高人指路。有时高人一点拨就不一样。

高人指路不如自己领悟。有悟性很重要。

所以一个人的作为，实际上与一个人的领悟能力有很大的关系。我自己最缺的就是领悟能力。领悟能力对一个人的发展至关重要，所以往往虽然尽力做了，但没有结果，甚至是适得其反。所以我认为自己是低智商的人。

说这些废话的主要目的就是说明我是用心在做的，但是确实能力很有限，因为智商低。所以没做好的话请大家多多谅解，对大家的宽容和帮助，我内心是很感激的。

希望我的这番话对我们的工作，对多城同创，能有所启发。但求能打通我们心灵上的某个结，达到心心相印，就不算是一种过错；不然的话，浪费大家这么多时间，内心感到确实是过错。

2013年11月

（本文为台州市同创办学习会的发言资料）

台州创“国卫”的五堂课

其实，综观这一年半来的台州创卫经验，我们共经历了三个阶段，共五堂课。

佛眼看世界，可分为三个阶段。首先是看山是山，看水是水。其次是看山不是山，看水不是水。最后是，看山还是山，看水还是水。世界的改变也分为物的改变、人的改变、心的改变三大变化。台州创“国卫”就经历了三个阶段，五堂课。

一、物的改变，经历了三堂课

（一）自学课——感性的整治

时间从千人动员大会到十大尖锋行动。台州创卫从2006年开始，经历了漫长的历程，一直没有实质性进展。直到2013年5月29日动员大会后，迅速组建了同创机构，抽调人员，时间短、任务重。摸着石子过河，凭感觉和经验。哪里出现“马路市场”，哪里群众呼声高，就整治哪里。这是自学课。

（二）复习课——理性的管理

以推出三化考核为标志。2014年6月24、25日两天，去温州学习创“国卫”经验。回来后，经过连续三个星期、上百次的讨论修改，终于以市委名义下发市区街道三化考核试行办法，以此作为推进台州创国卫的总抓手。这是复习巩固课。

(三)数学课——量化的管理

以三化考核补充通知为标志。三化考核运行两个月后，出现了一些问题，主要是区与区之间的平衡、基础设施的好与坏等问题。9月初，同创办经过完善，推出补充通知，推出主次干道周考核、重点难点月中考、全面工作月考核，以后的考核，就是量化的打分、计分。这是数学课。

以上三堂课，其实还是基础的器物的管理，属于管理的初级层次。

二、心理课——人性的管理

以“破百难”包干责任制文件为标志。经过三个多月的三化考核推进运行，城区面貌大大改观，但同时发现一些难点、重点项目仅靠“三化”难以推进。针对一些重难点问题，制定出相关文件。从一些难点中各选出十项重点工程、十大重点项目、十大专项行动分别包干给区及责任领导，要求按期破解。“百难”项目不是可以量化的项目，既要找准难题，又要制定可行的工作目标，更要有具体的措施。这是心理课。

经过“百难”项目的推进，许多难题得到有效破解。

三、自我修行课——自性的管理

以长效机制推出为标志。创卫本质上是以功德之心做功利之事，虽然对个别占道经营的“马路市场”、流动摊贩而言，他们的利益是受损的，但是对于大多数百姓来讲，是件大好事。市委主要领导也在许多场合多次提到创卫绝不是一阵风，目标是长效。2014 年 2 月，市同创办推出长效机制项目。各部门都制订出自己的长效方案，路北街道第一个制订出街道长效工作机制。百姓也自觉地加入创卫的行列，清理门前屋后的乱堆放。一些村也以村规民约的形式，对环境进行整治。许多经营户，也由对抗转为配合。一些建城区外的百姓，主动跑到同创办，要求把他们的村庄列入建城区，目的只为环境得到整治。

动力是由内心产生的，表现为自发地努力做事。这个阶段就是考验自觉性的时候。

2015 年 2 月

忧伤的离别

因为各个县(市、区)新同志的到位,5月12日下午,我们同创办新老同志一起开了个会。实际上,这个会包含两层意思,一是对新同志的欢迎,二是对老同志的欢送。

对于我们这些超期“服役”一年的老同志而言,虽然平时巴不得早点回去,因为来来去去确实很不方便,但是当这一天真的来临,尤其是进行这样“成规模”的告别,难免有些伤感。就好像求学时,巴不得早点毕业,但真正毕业时,又难免伤感。

这种伤感一部分来自于两年来朝夕相处的感情,还有一部分来自于对现有生活方式的改变。虽然2013年6月来的时候,大都不愿意,有同志甚至一开始就在倒计时,但是经过两年的磨合作战,实际上潜意识里已经是适应了这种生活。现在真的改变了,所以有些忧伤,这是本性所致。

由于同创的缘分,我们几个原来不相干的各县(市、区)的同志相聚在一起。其实人与人相聚就意味着离别。所谓朋友兄弟一场,实际上就意味着一次次的离别。好在都在台州市内,聚起来也方便。

真的离别了,伤感之余,我对挂职的收获做了一个回顾。人生的改变,可能就在一刹那,而两年(700多天),足以改变并创造一个新的自己。这两年我不仅学到很多知识,学到创“国卫”的经验,更重要的是学到了思维方式。这是在天台永远得不到的,所以我感到收获多多。

多城同创对于我是全新的工作,经过两年的熏陶,经历了由最初的不适应到现在的视为乐趣。回首一年来的工作,有与同事协同攻关的艰辛,也有遇到困难和挫折时的惆怅,更有硕果累累的喜悦。

我在创建中提升了自己。在不断的适应中,我坚定了意志,磨炼了毅力,增强了自信,培养了才干,增长了见识,丰富了阅历,从而不断地成长,不断地成熟。也正是在不断的适应中,咀嚼了酸甜苦辣,饱览了人生风景,体验了成功喜悦,从而充实了人生内涵,丰富了生命色彩。我总结出一句话:人不逼自己一把,根本不知道自己有多优秀。从而我得出结论,一个人要想尽快优秀,就要寻找挑战。

社会是由一个一个的圈子组成的,每个圈子都有一个中心。核心强则圈子强,核心弱则圈子弱。好比以太阳为核心则照亮的是整个太阳系,以一盏灯为核心,则只能照亮一间房子。同创办能在这么短时间内迅速形成强大的影响力,树立这么好的形象,主要还是核心力量的强大。

人在一起不是团队,心在一起才是团队。最好的计划,没有执行力等于没有。抓住每个成员的心里所需,则没有不认真工作的。人只有特点,没有缺点和优点。这些都是同创期间学习到的,带回去将直接影响我的工作和人生。

人与人的距离有身体的距离,有语言的距离,有心的距离。

关键是心的距离。心如果近了,天涯咫尺;心如果远了,咫尺天涯。我们因为一起战斗出来,所以心很近,同事组织配,朋友自己交,因此才会产生分别的忧伤。

人生必定在某处存在环环相扣的环节,一件事情的出口,永远是另一件事情的入口。这里交接还没有结束,天台那里因为要搞天台山中华文化论坛,类似于经济领域的博鳌论坛,主要以文化服务国家战略,又有很多重要的工作要交给我,又要我去结新的缘。

离别总是忧伤的,因为感情。

离别总是必然的,因为无常。

离别总是茫然的,因为开始。

2015年5月14日

撰写信息　需具三心
——在台州市民进信息会议上的发言

我的发言大约需要30分钟。

做好信息工作首先要解决心灵的问题，也就是思想的问题。因为世界万物都有一个中心，而思想是人的中心。思想问题解决了，其他所有问题都会迎刃而解。思想通，一切通。每个人的潜力都是无限的。一个人如果思想通透了，内心就会通泰，行事就会通达。

就学习而言，有三种形式：一是学习知识；二是学习方法，就是经验；三是学习境界，就是学习思想，也就是思考问题的方式，这是最高形式的学习。三种学习中，学习知识是学到一滴水；学习经验，是学到一碗水；学习思想，是找到一个水源。

我认为，要写好文章，必须具备三颗心。

一是责任心。人到世界是为负责任来的。不同的身份，其实意味着不同的责任。一个人成熟不成熟，关键不是看能得到多大的利益，而是看能肩负起多大的责任。我们民进作为参政党，也有自己的责任和使命，就是参政议政，就是提意见和建议。当然，我们作为民进成员，撰写文章应是自己的职责所在。

当然，大家都很忙，都有自己的本职工作。其实，许多问题，根本不是有没有时间的问题，而是有没有心的问题，关键是有没有这颗心。你的心在哪里，你的时间也就在哪里。我们花费的所有时间，其实都是以自己的兴趣爱好为前提的。说没有时间，其实是不想做，不在乎。我们的许多事都是在忙中做成的。一个特别忙的人，干啥都有时间，因为在乎。一个整日无所事事的人，干啥都没有时间，因为不在乎。在乎的就是重要的，重要的就有时间。不在乎就不重要，不重要就没时间。2013 年我的一篇关于成立不动产登记局的建议文章，被浙江省政协录用了。当时刚到同创办，真的是没日没夜地工作，不可能有成片时间去思考、去写作。就是在一大早上班路上经过台州日报社门口时，忽然想到的。当然也是在前几天抽空收集资料的基础上的一个灵感。

时间是最公平的，每天给每个人都是 24 小时。时间又是最不公平的，给每个人又都不是 24 小时。一个人就是再忙，如果有心，也是有时间的。而如果没有这颗心，那永远没有时间。你的兴趣在哪里，你的时间就在哪里。就我自己而言，社会应酬，实在推不掉的去应付下就回，牌也好几年没玩了，家里电视也基本不看。平时看看书，写写文章，种种菜，看看父母，带带女儿，感觉也很幸福的。一个人如果真想做一件事情，时间总是有的。

所以，要写好文章，首先要负起这个责任心。

二是树立信心。信心表现为力量，能把人所有的能量集中于一处，能克服前进道路上的一切困难。信心按照发展层次有三个阶段：一是清净信（因今天开会庄严的场面而产生信心），二是意乐信（听了领导讲话后，产生自豪感，从而产生信心），三是胜解信（经过内化，转化为力量）。只有达到胜解信阶段才有无穷无尽的力量，因为已经表现为乐趣。有人说，我的人生有两项支柱，一是责任心，二是兴趣。责任心使我看到人生的意义，兴趣使我不知疲倦。我们每一届新会员中，如果有一到两个达到这个境界，就不得了。没有真兴趣，就没有真事业。所以要树立信心。

三是坚固恒心。一个人的事业能否成功，除了看智商、情商外还要看“恒商”，也就是一个人的坚持的程度。因为每一项事业，发展到一定的高度，都会有一个瓶颈。这个瓶颈，如果通过了，就是重生。但是人性往往倾向于半途而废，民“常于几成而败之”，也就是说在快要成的时候放弃。就如同烧开水，到70摄氏度了，想想怎么还没开，再烧一会儿，还是没开，就放弃了。过了一会儿，冷到60摄氏度了，想起来，又去烧，结果花费了更长的时间。

人生最容易做的是坚持，最难做的也是坚持。其实，真正有灵性的人想突破自我，就要坚持到最后的那一刹那。就如同烧开水，到100摄氏度开就是一刹那，表面看，前面99摄氏度都是浪费，但是要以前面的坚持为基础。所以要坚守恒心。

世界上有两种动物能到金字塔的塔顶：一是雄鹰；二是蜗牛。雄鹰靠的是天赋；蜗牛靠的是不懈的努力。我们在分清自己是雄鹰还是蜗牛之前，只有不断地前行。

各位新会员，以上是我作为一名老会员对信息的几点体会。2013年杨主委提出要我讲话时，我觉得压力较大。因为如果讲了，别人关注多了，只能给自己很大的压力，所以就千方百计推掉了。去年年底杨主委又说要我讲一下，当时第一个念头也是推掉。今年又说，我感觉再推，于情于理都说不过去，显得太过矫情了，就答应下来，就有了今天的内容，希望对大家的思路有所启发，对大家的思想有所影响。当然，这是一家之言，如有不当，敬请谅解。

2015年4月

母亲是我心中的佛

小时候，父母在的地方，就是家；成家后，孩子在的地方就成了家。有时候，回报母爱的只能是重复的辜负：母之忆子，心心相续，念念不忘；子之忆母，如风吹树叶，偶尔翻起。

母亲节，正值同创工作关键时刻，拖不得。民进支部活动，同志加兄弟多次电话，缺不得。母亲节看母亲，等不得。日常学习功课，松不得。似乎真的很忙。

所有对时间的安排，其实都是以信仰为基础的。说没时间，其实是不在乎。孝心是不能等的。

对我的到来，母亲很是意外，我上星期刚去过，而一般情况下，到椒江后，我是两星期去看一次的。

每次对我的到来，母亲总是出奇高兴，继而则十分地安静，认真地和我说说话，便感到十分幸福。中国人对幸福的定义有多种，可以是升官，可以是发财。其实生养死葬是小孝，光宗耀祖是中孝，使父母脱离对死亡的恐惧才是大孝。因为老了内心都有恐惧。这种恐惧来自于对死亡的无知，就好像两军作战，不知对方的实力，所以会感到无比恐惧。死字就是“一个歹徒拿着一把匕首”，所以很可怕。

母亲是最容易受欺骗和感到满足的那个人。莫言说，母爱是永不消灭的精神力量。一点不假。

孝顺父母无论怎样都不为过。今天下午，突然感悟到：原来母亲在世有在世的孝法，就是当成一尊佛供着；走了有走了的孝法，向上、向善就是好人，就是对母亲的孝。

我们可以走很远很远，却始终走不出母亲心灵的广场。

愿天下还在的父母都健康快乐！

2014年5月11日

读书日感想

去年的读书日,我在天台买了一大堆书。

今年读书日的下午,我在椒江匆匆买了朱光潜的《美的人生》。

有人说,一个人的心灵成长史,就是其阅读史。此话一点不虚,读书就是一件让自己生命舒展的事!因为每一本书都是现实的反映,都有一个独立的世界。

“人”字虽两笔,写好不易。有时,悟透一句话,改变人一生。许多时候,自己看过的书籍或已成过眼云烟,但其实它仍在气质上、谈吐上影响着一个人的容颜。这种影响是浸入血肉甚至骨髓的。所以读书是能“美容”的!一个读书至半夜的人,和一个麻将打至半夜的人,两者的精、气、神完全不同。

孔子有一个学生叫闵子骞,原来面如枯槁、脸色蜡黄。后来跟孔子读书半年后,脸色红润,判若两人。人问其故,他回答的大致意思为:以前不通事理,整天想入非非,气郁结于胸,自然面色不好;后来,学到很多道理,心通了,理通了,气就顺了,自然面色好看。

看起来,读书还真能美容。

许多人的学问都是在忙中做成的。一个人，如果忙，肯定有时间；如果整天无所事事，那么干什么都没时间。这是我在看了这本书后最深的感触。

2014年4月23日

整理书橱偶得

晚上整理书橱，竟整出近年许多的荣誉证书。如果做好工作就是修行，自己认为也是无愧于这份工资的。但又想，因为这些证书，花费了多少的社会资源！这究竟值不值得？

但是马上就又为自己找到了开脱的理由。善恶看心不看行。我工作也不是为了这些证书，只是为了修行。因为没有这个相，就是无相而修，就是无我相。

又想，如果当时执着于荣誉，可能反而做不好工作。因为人的心是很大的，可以通达宇宙，包罗万象，但是因为私心，人也会变小、变弱。

又想世界的大小本就存乎一心，也就是说，就只有一颗心这么大。之所以有的人路越走越广，是因为行善积德。而有些人，虽然世界很大，却无处藏身，犹如惊弓之鸟，是因为坏事干得太多。

又想，这么胡思乱想，是因为定力不够、慧力不足。

阿弥陀佛。不乱想也不乱写了。因为想多了就是没开悟。

2015 年 3 月 15 日

怀念张立道先生

得知张立道先生辞世的消息，我脑子里一片空白。

虽然也有一种预感，这么大年纪了，得了骨髓癌，又已扩散，肯定支撑不了多久，但消息传来时又感突然，毕竟太快了。因为就在前一天，也就是5月5日民进天台支部学习会上，我们几个同志还提议这个星期去杭州看望一下他，没想到这个愿望也未能实现。

20世纪80年代后期，张老师离开台师讲坛回天台创办《天台县志》。他回天台，也把民进的种子带回了天台，后来虽几经挫折，但毕竟有所发展，并进一步壮大，现已有10多位会员，并由小组发展为支部。

因为张老师在文史战线的威望，我知其名但不知其人许久，真正认识是在1998年上半年的县政协文史工作会议上。会上，他拿了当天的《天台报》，里面恰巧有我的一版《"建文帝二游天台"之我见》的考证文章。他坐在我旁边，一边评论我的文章一边给我以鼓励，要我坚定不移地在文史这条线上走下去。这就是他给我的最初印象，热情、坦率、认真。

后来，我调到政协文史委，与张老师接触自然也就多了。有时，没什么事情张老师也会过来聊一聊。我对他的了解也随之增多，感情也日益加深。张老师是 20 世纪 50 年代复旦大学历史系毕业生，是天台文史方面的权威，对天台山历史文化很有感情，写过不少的文章，其中如《唐袁晁首义天台山的考据》等论文很有影响。他的父亲是辛亥革命志士，孙中山先生的好朋友，曾任浙江省参议院议长。也许是这个原因，他对民国历史很感兴趣，不断搜集史料，成为著名的民国史专家，不断有文章发表，专著出版。

张老师做事很认真，也很谦虚。写文章时，为了一个标点，为了一个用词，不惜翻阅各种字典，四处与人探讨。而每当有新的文章发表，他总是很高兴。与我们谈写作的经过、感想，以及如何构思，等等。所以，我虽是他的学生，但我更多地把他看成同行、朋友、学长。也正因为如此，离开台师几十年了，许多学生还和他保持着密切的联系。

他待人诚恳、人品端正。有一次他买了几盒保健品，结果第三天就有人带了摄像机到他家，问效果怎么样，张老师就客气地说了几句效果还可以，什么什么也好了许多。但销售者说要拍成广告在天台电视台播放，张老师死活不肯。经过多次请求，实在拗不过，答应放三天。后来一播放就是几个月，张老师得知后很生气地要求立即停止播放，如果再播放就要发表声明，因为自己要对消费者负责。为了此事，张老师还经常懊悔不已，后悔自己不应该没有原则地答应别人。

去年年底，我们民进支部慰问老同志。当时张老师在仙居，答应回来即给我打电话，但始终没有得到他的电话。今年 2 月 15 日，他在仙居打电话给我说住院了，住在仙居医院。第二天，我和徐云峰、沈茂两位同志赶往仙居看望他。他告诉我们自己肺、肾都有疾病，不时表露出悲观的情绪。当时我要他极力往好的方面想，徐云峰作为医生则充分发挥他的“精神疗法”，鼓励张老师与病魔做斗争，要他病好了再为天台民进做些贡献。受了我们的鼓舞，他的态度也有很大转变，乐观了许多，答应出院后，回天台来看我们，没想到这竟是最后的告别。

张老师去了，但他那渊博的学识、正直的为人、长者的风范都将深深影响我今后的人生。

《天台报》2008 年 5 月 16 日

为了感恩的纪念

在我心中，有这么几件事不时在我脑海中涌现，并且常引起我的深思。

七岁那年秋天，我拔了半篮草回家。路上提梁扣突然掉了出来，正在我不知所措时，旁边一个阿姨刚好领着一个与我差不多大的小女孩路过，顺手把提梁扣扣了回去就走了，从此没有再见过面。

十四岁那年的暑假，我到城里配眼镜。配好后，到北门买了车票回家。到时间了，同去的几个孩子一窝蜂跑向公共汽车，去占位置。坐好后我才发现，放在衣服袋里的眼镜掉了。刚打算去找时，发现最后上车的一个老太太，上了车把眼镜给了我。她在半路下车后，我就再也没有见过她。

2003年冬天我外出，回来是从郑州火车站上的车。进站还要经过长长的路，我大包小包地推着行李车往前走，突然一小袋行李掉了下来。正打算去捡时，后面一个列车员帮我捡了起来，放到我的行李架上，就径自走了。从此也没有见过面。

佛经有云："向来缘浅，奈何情深。"其实缘分是有很多种的。茫茫人海，即使对面看上一眼，没说一句话，也是一种缘分。我与这几位阿姨、奶奶就只是一面之缘，但就是这一面之缘，却对我的人生产生了很大的影响，使我不时地想起她们。她们都还健在吗？她们过得还好吗？如果她们都还健在，我衷心祝愿她们健康幸福。如果谁不在了，我就铭记在心，并帮她把爱传出去。不因别的，只因想报答又无处报答。

善心带动善心，阳光辐射阳光。爱心是会传递的。

因为我想，受人之恩而不报答，那是一种罪，也是一种恶，一种孽。为了消罪，总是要想办法报答，既然实在无法报答，就默默地祝福，再就是把爱心扩大，报答社会也是一种报答，一种解脱，一种回归，一种传递。

人生就是这样奇怪，这一提，一扣，一捡，对她们而言，或许只是举手之劳，或许她们自己早已忘记，但是对于我而言却印象深刻，不时从脑海中翻出来，时常引起我长久的沉思。人生又是这么偶然，别人不经意的一句话、一个动作、一个眼神或许就能改变一个人的人生。就是她们的帮助使我时刻提醒自己，要善待他人，要力所能及地多帮助人，不管是认识的还是不认识的。或许有些人同我一样，受我的举手之劳又无处报答，转而改变观念多做善事，进而又改变了周围的人。又或许那几个帮助过我的阿姨、奶奶就是遇到我同样的困境：受到不认识人的帮助，又无处报答，进而把报答之心扩大，然后报答社会。又由于缘分的巧合，报答到我身上。而我由于把爱心扩大、传递了而感到了快乐。

而寻找快乐则是人生的目标。对于一个人来说，快乐地活着就是人生的成功，所以谁都会渴望自己能够更多地拥有快乐。然而快乐却不是人人都能拥有的，于是有的人整天怨天尤人，怪上天不偏爱自己，怪命运多舛，抱怨事业不顺，抱怨家庭不和……其实这些都不是人生不快乐的决定因素，真正决定您快乐与否的只是您自己内心的和谐。所以和谐诸因素中，人内心的和谐是决定因素。只有人内心和谐了，人与自然、人与社会才会逐渐地和谐，人才会快乐，才会幸福。

快乐其实是一种心境，一种心态，一种满足感。因为快乐发自我们内心，我们可以随时创造一种“我很快乐”的心境。如何才能使我们获得快乐呢？多感恩社会，感恩他人，感恩家人，感恩众生。在他人需要帮助的时候及时伸出你的手，不管是认识的还是不认识的。所谓“上报四重恩，下济三涂苦。若有见闻者，悉发菩提心。尽此一报身，同生极乐国”。佛经里有这么个故事。一个人问佛祖：“为什么天堂里的人快乐，而地狱里的人却不呢？”佛祖带他来到地狱，他看到许多人围坐在一口大锅前，锅里煮着美味的食物，可每个人都又饿又失望，因为他们手里的勺子太长，无法把食物送到自己口中，因此他们都很痛苦。因为他们都只想着自己。接着，佛祖又带他来到天堂，这里的勺子也很长，可是人们用勺子把食物送到了别人的嘴里。他们都过得很快乐，很幸福。因为他们都懂得奉献，懂得理解，懂得报答。

推而广之，一个人人懂得理解、懂得感激、懂得奉献、懂得报恩的社会，应该是一个和谐、幸福、稳定，也是发展的社会。

写下以上文字，不为别的，就为感恩，为祝福，为祈祷。同时希望那份爱心得到更广、更远、更深的传递。

2012 年 9 月

第　二　辑

文化的感悟

开卷语　文化是人为的，也是为人的

关于天台山“新文化运动”的几个问题

一种文化对外要有吸引力，必须具备一个核心条件，就是让到这里来的人心灵上能得到某种解脱。

四大佛教名山的人气之所以大超天台山，就是因为四大佛教名山都有一个核心的主题，到那里的人心灵上能得到某种解脱。而我们天台山没有一个独特的、核心的主题。

中国佛教史上有两条路对整个佛教界产生了决定性影响。一条是玄奘西天求法的天竺之路，另一条是智者大师从南京东来天台山的天台之路。从贡献来说，其实天台之路不亚于天竺之路。但是就对后世的影响而言，天台之路远不及玄奘天竺之路，原因就在于《西游记》这种雅俗共赏、普及面广的名著使玄奘这个人物成为家喻户晓、僧俗共敏的人物。而天台之路，传播仅限于学界范围。

当然，这只是个例，但至少说明一个问题，我们天台山文化在解决人们的心灵需要这个优秀传统文化核心问题上需要加强。如何加强，我建议开展一次天台山“新文化运动”。

为什么？

一是时代所需。文化分三层：表层，衣食住行；中层，政治、法律、宗教等；核心层，思想信仰。因此，一切社会现象的改变，其实是不同文化层次的改变。任何一种文化都包含两方面内容：一是人化，就是人创造文化的过程；二是化人，即文化反过来改变人、影响人的过程。改变人的什么？改变人的思想。怎么改变？根据人认识世界的顺序、人对世界的认识来改变。首先是对物的认识，接下来是对社会的认识，最后才思考人内心的问题。而对世界的改变，是反过来，先从思想的改变开始，然后是制度的改变，最后才归结为物的改变。这个顺序是不能颠倒的，如果倒过来，思想没有改变，而直接在器物上加以改变，表面看似乎是走捷径，其实是行不通的，也是走不远的。如一个人，思想学问没有改变，穿上一件漂亮的衣服，虽然表面好看，但是无关整个人人格魅力的提升和内心的强大。

天台本届的领导班子与以往几届不同的是，一开始就在文化的第二个层次即社会制度上，实行了一系列大改变，旅游体制改革、工业平台建设，以及融资体制改革，都使天台发生了巨大的变化。但是三大改变中，最根本的人的思想、人的灵魂其实变化不大。一个经济建设高潮到来之后，必然出现一个文化建设的高潮，因为大时代需要大文化加以承载。在这样的时代背景下，必须要对天台山文化的核心层进行一次创新和解放，也就是思想的大解放。

二是文化的现状所致。其表现为三大分离，也是重点，具体在下文展开。

一为文化与时代的分离。我们的文化传播始终与时代是分离的，今天还是如此。我们研究天台宗的成果已经不少，每年都有很多书出版，这当然是好事。但是反过来这些研究对普通百姓的生活，对人的心灵问题的解决，影响却不大。如，《法华经》讲的就是一个心灵建设问题。人人心中都有一株自己的妙法莲花，如果我们能以通俗易懂的语言讲出来，再配以时代需要的禅修产品，这样的研究就不再是面子工程，而是深入内心的里子工程了。

一切政治、法律、宗教都有求和的办法。任何一种文化最终目的都是解决问题。如果一种文化无法走进日常的生活，只存在于学者的书斋里，那么这种文化实际上已经死亡了。因为一种文化如果集中在记忆层面，那它的衰弱已经无可避免。如果集中在思考和创造层面，那这个社会复兴就有希望。（如果所传播的文化与日常生活无法联系起来，结果是使传播的文化无益于具体生活，也无法接受生活的检验。这就使两者永远是两张皮的，永远卡在那里。）

二为文化与文明的分离。一种文化，如果无法转化为文明，转化为人们自觉的行动，即使有心改造社会，最终也是“无可奈何花落去”。因为文化保护的最高层次，就是让它转化为文明，实现生活化、大众化。因为任何一种文化的复兴，都是以自我确认为前提，而广泛的自我确认，又以沟通和普及为前提。而我们两者之间是分离的，这边说文化，那边转过来可能会随地吐痰、乱丢垃圾、闯红灯。

三为文化与做人的分离。世间万物都有一个中心，人是宇宙的中心。所谓“宇中有四大，而人居其一”，所以人的改变是社会改变的基础。我们的文化与做人是分离的。讲文化时是个文化人，但是具体到做人做事，首先考虑的却是个人私利，什么公平正义全然不顾。人的心本来是可以通达天地、包容宇宙的，但私利把人心变小了，变弱了。世界有多大，是由自己的心决定的，做好事，做善事，世界就越来越大；做坏事，做恶事，结果就无处藏身，世界就很小。

由于以上几个原因，我认为必须对现有的文化进行一次大创新，相当于一个历史的转弯。在措施方面有以下三个建议：

一、搭建学的平台，编制不同层次的乡土教材

传统文化的教育要从娃娃抓起，普及和提高同时进行。目的是由浅入深，逐步培养学生的兴趣。如果一届毕业生能有几个突出的人才，然后再重点加以引导培养，几年下来，文化的氛围、研究的形势将会发生改变。因为文化是有生命的，它的延续也是生命化的，如果无形无质，没有构建就极易流散。所以文化的“化”，要从当下开始，在当下展现，离开当下去谈“化”，寄希望于将来的“化”只能是说食而不饱的。因此，我们想通过这个平台，培养时代需要的人才。

二、搭建讲的平台，成立天台山文化讲坛

我们天台山应该立足一个“和”字，做好“和”的文章。这是我们区别于四大佛教名山，又高于四大佛教名山的地方。我们的学者在深入研究的基础上，做通俗的讲解。因为只有深入才能浅出，也只有浅出才能更加深入。文化虽然不能解决生活中的具体难题，但是可以给我们提供解决问题的办法，因为“大道

万千,殊途同归”,虽然表现形式不一,但规律都是一样的。传统文化中,总能找到解决具体问题的办法。通过讲,逐步唤醒人们心底的文化基因。

通过讲坛,把天台山文化的核心内容,即能解决所有人心灵问题的“和”字,讲出特色和魅力。把天台山“身和心和、内和外和、因和果和、家和国和”的各种“和”带到世界的每一个角落。

三、搭建用的平台,筹建宗教文化博物馆

如果没有天台宗、道教南宗和济公,我们天台山对外将会失去多少魅力?而如果没有国清寺,我们天台宗的祖庭可能移到河南,或宁波,或杭州去了。同样,如果没有桐柏宫,南宗祖庭也可能移到临海去了。因为一个地区如果找不到文化的图像,就好像找不到精神家园的前后门,会乱了方寸,自然也就找不到文化意义上的回归和出发的地点。

通过这三个平台的建设,把天台山文化的核心内容,永不落伍的、直通心灵的“和”字,进行现代化的解读和传播,从而真正地提升天台山文化的魅力,这就是天台山“新文化运动”的目的、意义和方向所在,也是天台山的美丽所在。美丽也是一种生产力,而世界上最大的美丽是智慧的美丽,因为可以永远美丽下去。而用天台山自然和人文圆融浇灌而成的智慧之美,也就是天台山和之美,其力量是无穷的。

2015年3月

(本文为天台县政协九届四次会议的大会发言资料)

整合文化资源　推进台州一体化

台州市第三次党代会做出推进台州一体化的战略决策，从统筹规划、整合资源和生产力布局等层面落实又好又快发展要求。实施台州一体化战略，必须以文化为灵魂，弘扬台州人文精神，增强全社会的文化认同感，培养“台州人”意识，形成“大台州”理念。因为思想决定行动，思维决定出路。然而目前台州文化中存在讲各自话、树各自名、打各自牌的现象。这种现象不利于台州一体化的形成，需要花大力气加以整合。建议从以下四方面入手。

一、整合传统历史文化，促进台州知名度和美誉度的提升

台州有着深厚的传统历史文化，有不少方面是中国第一乃至世界第一。如天台宗是第一个中国化佛教宗派，在海内外影响深远，是日本、韩国天台宗的祖庭；智者大师的《童蒙止观》是佛教气功的代表作之一，张伯端的《悟真篇》为中国道教四大经典之一；紫凝道人所著《易筋经》成为中华武功的第一部专著；陈仁玉的《菌谱》是世界第一部食用菌专著；陈咏（景沂）的《全芳备祖》是世界上第一部植物学词典；陶宗仪的《南村辍耕录》为中国文学史料名著。郑虔开台州文教之先河；项斯、罗虬、戴

复古、谢铎的诗歌对后人产生深远的影响；被称为"蛤蟆博士"的朱洗在生物学研究方面取得很高成就；等等。另外在民间流传甚广的济公，也是土生土长的台州人。凡此种种，不胜枚举。这些都是台州先人留给我们的宝贵财富。

但是目前台州在对外宣传中存在分散现象，有的甚至为一个名人是哪个县的争论不休，这不利于树立整个大台州的形象。建议市政府在整合台州各地文化资源基础上，组织编写台州哲学（重点是台州儒学、台州佛教、台州道教）、台州文学、台州史学、台州科技、台州教育、台州民俗等台州文化丛书，对台州传统历史文化进行一次全面的收集整理。丛书可以作为对外交往的文化礼品，这对宣传台州大有好处。同时，应将筹建台州博物馆列入议事日程。此外，还可以通过其他形式，树立台州形象。如集中统一几项既叫得响，又能充分展示台州历史文化的口号，作为台州对外宣传的主打口号，以此提升台州的知名度和美誉度，促进文化大台州的形成。

二、整合传统饮食文化，促进第三产业的发展

台州的饮食文化较为发达，如饺饼筒、水浸糕、姜汤面、炊圆、扁食、鱼面、蛋清羊尾、糕软等等，因制作讲究、风味独特而受到海内外游客的青睐。但同样也存在分散的现象，如天台、仙居、临海都有羊脚蹄，但在制作过程、用料、大小上三地都不一样，口味也各不同，这就难以形成统一品牌，起不到规模效应。做好、做大台州传统饮食文化，对于我市的旅游、商贸等第三产业的发展，将起到积极的推动作用。建议从以下几方面入手：

第一，组织专业人士对台州各地的小吃进行搜集、整理、分类、统一规范，给各类小吃的风味特色配上文字、图像说明，或拍成照片、刻录成光盘，统一打出台州美食或台州小吃的品牌。

第二，由市劳动保障局牵头，通过开展台州小吃制作技艺竞赛、上岗培训等形式，组织培训一批台州小吃从业人员，使他们不仅能熟练掌握台州小吃的制作技艺，还能了解台州小吃的历史文化。台州电视台也可增加台州美食制作专题节目，进行操作演示，扩大宣传效果。

第三，市政府出台扶持政策，借鉴福建沙县等地推广本地小吃的成功经验，以连锁经营的方式，统一店名为台州风味美食店，对从事台州美食的经营者，制订统一的经营、制作技艺、卫生等标准，对业绩优良者，政府实行奖励，以此打响台州美食品牌，并使台州美食走出台州，走向全国。

三、整合台州旅游文化，促进台州大旅游格局的形成

文化和旅游是共存共荣的，旅游是文化的重要经济依托，文化是旅游的引力来源。加快旅游业的发展，既能加强对外政治、经济、文化、技术培训的交流，又能推动交通、通讯、工业、商业、城建等许多行业的发展。在这个方面，可着重抓好三个环节：

（一）努力提高景点文化品位

文化本身虽然不是商品，但它是制造商品的素材和原料。要根据市场需求，将传统和现代文化进行提炼、加工、组合，设计成可供观赏与参与的旅游产品。如天台近几年开发的琼台、

龙穿峡、天湖等景区，融合了大量的人文元素。像温岭长屿硐天，由于不断丰富的文化内涵，现已成为国家4A级旅游区。

（二）整合优化，连点成线

我市各县（市、区）旅游资源各有千秋，要以整体的思路进行全面整合，将分散的景点串起来，形成旅游项目群，丰富旅游线路的可观赏性。在这一方面，前几年台州市旅游局开发的“新天仙配——长城作证”旅游线路，就用传说中的天仙配将天台、仙居、临海的景点巧妙地整合了起来，效果较好。还可开辟山区线和沿海线，沿线每个景点的安排，应有所侧重地突出台州文化的某一特色。山区线突出山文化和水文化的相互交融，沿海线则着重突出海洋文化品位。山区线在以观赏水光山色、领略花果、田园自然生态为主基调的前提下，还可把欣赏民俗文化同品茶玩石及运动休闲结合起来。沿海线在沿海大通道建成以后可将台州“几大门”连接起来，开辟一条新的旅游线路，着重展示改革开放以来台州人敢闯、敢冒、敢为天下先的精神。

（三）综合开发民俗文化资源，增强旅游业的生命力

奇特的自然景观和独特的文化内涵，是旅游业发展的两个要素。对现代旅游者来说，最具吸引力的就是异国他乡的灿烂文化和民俗风情。民俗是最有特色的文化，而特色是旅游之魂。丰富多彩的民俗文化资源，是我们开发旅游业中注定要打的一张牌。台州乱弹、莲子行、道情，都是极具台州地方特色的民间艺术，可以通过表演，形成吸引游客参与的旅游产品。书

画、木雕、古玩、花弄、石(根、贝)雕、玻璃雕等艺术品,以及各种系列的旅游纪念品,几乎与旅游相伴而行,是景点之需,也是游客之需。政府应以精品意识、整体意识开发和包装上述各种民俗文化,提高其艺术欣赏性、娱乐性、参与性,并融入现代科技,促使特色民俗文化与旅游业加快形成产业链,并使之成为台州旅游业魅力不减的重要精神支柱。

四、整合台州现代文化,促进城市魅力的提升

文化是城市的"名片",是城市的灵魂。台州应该把城市文化形象塑造摆在重要位置,努力达到城市"形态"、文化"神态"、市民"心态"内外和谐,经济实力、城市活力、文明魅力刚柔相济,促使城市全面、协调、可持续发展。把握台州特色文化与现代化的契合点,并由此升华为21世纪文化建设的目标,建设一批富有鲜明台州文化特色,在全国具有影响力的形象工程、标志性工程、精品工程。当前建议组织实施四个项目。

(一)把绿心公园作为市区一体化的连接点

台州市绿心公园位于椒江、黄岩、路桥三个区中间,总面积62平方公里。该区块接近中心城区,距市政府3.5公里,可与附近高教园区、大学园区、市体育中心、全国网球训练基地、吕林乒乓球培训中心产生互动效应。建成后可成为整个城市中最富有文化品位的,融旅游、购物、运动、休闲、娱乐等于一体,传统文化与现代文化相融、古典精华与时代气息兼有的亮丽风景;成为台州市区的中心公园和市区一体化的一个连接点。

(二)建造台州历史名人塑像

在市区和各县、市城区主要的路口、街道或广场,统筹规划兴建一批台州当代及历史名人塑像(如院士像,历代宰相、状元像等)。台州的城市文化形象建设是一个完整的互相呼应的整体,城市雕塑离不开人文思想意识,它包含鲜明的政治内涵,能体现历史感,又具有人类文明的普遍价值观。利用台州独特鲜明的人文资源,是塑造台州城市文化形象中的一个重要内容,兴建名人塑像,对于激发人民群众的爱国爱乡热情和丰富人民群众的旅游文化生活,将产生积极而深远的影响。

(三)整合市区街道商业文化功能

城市商业文化,既是静态的,又是动态的,在整个城市文化形象中,是重要的组成部分。目前,市区及一些县市的城区,往往存在"只要是路面,无处不是店"的现象,经营品类布局上也存在着无序、分散的状况,大部分街道的商业文化品位较低。建议对全市街道商业文化功能进行必要的规划和整合。

(四)整体策划台州城市形象

以导入"城市形象策划"为手段,设计台州市徽、市标、吉祥物,征集市歌,形成统一的城市发展理念和对外宣传形象。规范企业、院校、街路、场站的命名。同打台州牌,同铸台州魂。

2007 年 3 月

(本文为台州市政协三届三次会议的大会发言资料)

从《百家讲坛》的转型看天台山文化的出路

2001年7月9日诞生的《百家讲坛》，是中央电视台非常具有学术品位的栏目。该栏目虽然期期都是学术“大餐”，但最终因为“曲高和寡”，收视率排在倒数位置而面临被末位淘汰的危险。

2004年5月，清史专家阎崇年主讲的《清十二帝疑案》在科技频道收视排行榜上持续一周名列前茅。2004年9月走马上任的栏目制片人万卫将阎崇年的讲座作为“范本”仔细研究，认为其成功之处在于主讲人以不断设置“悬念”的独特方式“正说”历史。

由此，《百家讲坛》在牢牢守住学术品位的前提下，开始了转型，力求架起一座让专家、学者通向大众的桥梁，并将内容定位于对中国传统文化的通俗解读，由“百科全书”转变为普及版“文史读物”。

《刘心武读红楼》《易中天品三国》《汉代风云人物》《明亡清兴六十年》《于丹〈论语〉心得》《于丹〈庄子〉心得》《王立群读史记》等一系列节目相继推出，《百家讲坛》的收视率节节攀升，影响日益扩大，成为2006年度央视十大优秀栏目之一，收视率仅次于《新闻联播》，排名第二。

群众之所以爱看今天的《百家讲坛》，是因为它让学术不再晦涩，它开启了民智民识，使大众知而获智。

观众对《百家讲坛》的热爱还延伸到主讲人的作品身上。2007年3月3日，于丹在北京中关村图书大厦签售《于丹〈庄子〉心得》，春雨淅沥，天气阴冷，人们打着伞排成了长龙，排队近8个小时。直到深夜12点，签售活动才结束。

上海文艺出版社，以竞标价500万元、首印55万册夺得《易中天品三国》（上）的版权，迄今销量已近200万册。夺得《于丹〈论语〉心得》版权的中华书局，起印数就定为60万册。从2006年11月在北京中关村图书大厦的签售会开始，一个月内，该书的销量即突破了100万册。而《于丹〈庄子〉心得》更是首印100万册，创下近10年畅销类图书首印的最高纪录。自2007年3月3日起，仅用13天时间便销售一空。

《百家讲坛》掀起的"三国热""明史热"，还带动了一批通俗历史题材的图书热销。今天，中国城乡大大小小的书店，摆在显著位置的畅销书，都少不了《百家讲坛》主讲人于丹、易中天、阎崇年等人的作品。出版社也搭顺风车，纷纷推出解读传统文化的普及读物，多年滞销的传统经典图书也不再乏人问津。

《百家讲坛》的成功转型对今天的天台山文化研究，对今天的天台如何利用现有文化资源做大做强文化产业，也很有借鉴意义。

天台山文化博大精深，涉及哲学、历史、地理、教育、科技等方方面面，天台山文化研究会成立近20年来，在开拓、研究天台山文化方面可以说确实是硕果累累，每年都有学术专著问世，但是另一个方面同样也存在着“曲高和寡”“阳春白雪”的问题，进行研究或感兴趣的也只是极少数的文化人，而大多数人对此还是处于漠不关心状态。天台山文化还只是一种高雅的精英文化，根本没有成为通俗的大众文化。而判断一种文化是否具有足够的影响力和号召力、感染力，最重要的是看其是否触及当地人民的生产和生活，影响着人民群众的气质和学识，而不是看极少数的文化人。今天的天台山文化研究队伍不断壮大，成果不断涌现，但对社会经济的发展，尤其是旅游业的发展，推动作用却不是很明显，这就是一个明显的例子。因此，只有将高雅的精英文化转变成通俗的群众文化，它的受众体才会变成广大的人民大众，由这种只存在于少数文化人头脑里的文化转变为普通群众感兴趣的文化，从而潜移默化地影响着普通老百姓的生活，影响着普通群众的气质、品德和修养，从而使天台山文化更具传播力和影响力，进而成为极具磁性的文化软实力。因为唯有民族的、大众的才是世界的。

对于如何将天台山精英文化打造成大众文化，建议从以下几方面入手：可以通过天台电视台制作天台美食节目，使天台的老百姓能如数家珍地点出天台美食的种类和制作过程；通过以天台名人命名的街道，使天台的历代名人、事迹人人皆知；通过设名人广告箱的办法，使外地到天台的名人形象深入大众；通过编写乡土教材作为中学生必修课的方式，使天台历史文化深入每个中小学生头脑中，从而成为宣传天台、建设天台的主力军;通过吸收在生产一线的同志到天台山文化研究队伍中来,使他们在实践中获得灵感,启发智慧,从而做大做强文化产业,进而使天台山文化真正成为对外有影响力,对内有号召力,对经济社会发展有推动力的文化软实力。

2008 年 6 月

让厚重的天台山历史文化在“小县大城”建设中发挥其应有价值

厚重的天台山历史文化，不论是佛道文化、济公文化还是和合文化，虽然都是地域性的，但同时又是全国性的、世界性的，其影响力和生命力辐射全球。

放眼当今世界，凡是对地域文化挖掘充分的地区，必定也是经济社会发展较快的地区。因为地域文化是一个国家的国情，一个地区的地情最集中、最形象、最生动的反映，也是人们认识社会、了解社会并进而改造社会的基石和途径。我们社会的竞争也由 19 世纪的军事竞争、20 世纪的经济竞争转向今天的文化竞争。

近几年来，天台县依托特色优势，大力发展文化事业，深入挖掘佛道、济公等天台山特色文化。全力做好宗教朝觐、养生休闲等的文章，先后举办了海峡两岸济公文化交流大会和合文化国际学术研讨会、中国道教南宗文化周等极具影响力的文化交流活动。“天台山佛道”音乐会先后在国家大剧院、上海、南京等地成功演出，这一切都表明小县城文化的影响力、覆盖面在不断地扩大，并正在一步步地外化为新的生产力。特别是本届县委、县政府提出“小县大城”战略，更使文化的因素植入经济社会的方方面面，因为“小县大城”不仅是量的扩张，更重要的是质的提升，人们幸福感的提升。这一切都使天台逐步成为施展群众才华，成就人生的大舞台。

但是我们也应看到，在文化与经济的结合上，以及文化与“小县大城”的结合上，天台尚有许多不足之处。如人们的思想意识、城市建设、文化标志等都没有凸显出来，根本没起到文化春风化雨、润物无声的作用。下面提几点建议。

一、擦亮文化窗口，提升城市品位

文化需要研究，需要挖掘，更需要宣传和展示。建议在现代文化发展的高度上再提升文化与展现文明，增加具有文化窗口特征和功能的公共场所和空间，向全社会特别是向初到天台的客人们展现有文化底蕴、文化追求、文化品位的优秀天台山历史文化。特别是一些重要的公共场所，如车站、商场、旅游景点以及其他人员集中的公共场所，应当为人们特别是外来人提供尽可能广阔的文化认同空间与较高的文化认同可能性，这也是宣传天台厚重历史文化自身的需要，更是提升城市整体内涵和品位的需要。

二、突出文化标志，丰满城市形象

文化标志是一定时期、一定区域文化水平、文化特色的集中展现，包括标志性建筑、物质文化遗产、图书馆、博物馆、杰出历史人物故居等，是城市的文化符号，是一座城市的内涵、形象品位的象征，最能体现城市的个性魅力和竞争实力，是一座城市普遍的价值最求，也是文化的综合。有一个外地人，到我们天台问城市的中心在哪里，有人把他带到老县堂，说这就是天台城的中心，千年古城的历史见证，也是我们浙江省现在唯一仅存的民国老县堂；也有人把他带到新城广场，说现在天台日新月异，这就是天台的中心；也有人把他带到行政中心广场，指着那行政大楼说这就是我们天台的城市中心。成功的城市建设，其中心是不会随着城市量的扩展而改变的。天台山是中华和合文化的发祥地，而对和的追求是社会永恒的主题。而传统的“寒山手捧一盒，拾得则持一荷”的塑像已深入中国百姓的生活，成为平安和谐的象征。因此建议在始丰公园适当区块设立大型的、传统的和合二仙雕塑。这既是对和合文化的物化，也是对城市品质的一种提升，城市精神的一种体现，也是一种人心的凝聚，是对天台山历史文化的传承，更是“小县大城”的重要内容。

三、做强文化产业，提升整体实力

文化的关键在于“化”，如何“化”的过程，也就是不断增强文化创新能力、吸引能力、影响能力、引导能力等内在综合能力的过程。发展是解决一切问题的关键。文化为和谐社会服务，首先就要为发展服务。我们应着重考虑如何激活宗教因素中与人心相契合的元素，使之在旅游业发挥重要作用。兴建一批体现佛道文化的旅游项目。根据天台山文化的特点和天台地方民风民俗，结合茶座与茶道、戏曲与堂会，开发一些参与性、自娱性、体验性强的旅游文艺项目。开发好寻根朝觐、休闲养生、娱乐观光等一系列旅游线路。

四、弘扬文化精神，建设和谐天台

文化的本质是化人，即通过其因素影响人的生产、生活和思维等方方面面。精神文化是文化的最深层，是最难触及、最难改变的部分，也是最为深刻、最有内涵、最能体现文化本质的部分。判断一种文化的影响力，首先要看其是否足够地、深远地影响当地群众的气质和社会风气。因此我们要考虑的是如何让广博悠远的天台山历史文化在人民群众中产生广泛而深远的影响，进而引起共鸣，如何让历史文化来帮助提高天台人民的素质、经济和文明程度，如何让特有的乡土情结和文化来凝聚群众，促进和谐。因此建议加大对天台山历史文化的普及和教育工作，使天台山文化成为天台人必须了解和掌握的基本知识，让和忠勇义的天台人精神植入每个天台人心中，促进社会的和谐。

2013 年 2 月

（本文为台州市政协四届三次会议的发言资料）

将天台的美食文化转化为美食经济

天台的美食文化较为发达，如食饼筒、麦饼、清饼、山粉糊、玉米糊、水晶蛋糕、扁食、甜羊肉等，因风味独特、制作讲究，非常适合大众口味，是旅游、休闲美食精品，既可品尝，又能填饱肚子，已受到海内外游客的青睐。2006年5月30—31日，时任世界中国烹饪联合会会长、中国烹饪协会名誉会长的姜习在考察我县餐饮业时说："天台菜点具有明显的地方特色，应加以开拓，要充分利用天台是济公故乡这一优势，研究和济公相关的饮食文化。"并题词"弘扬中华饮食文化，发展济公家乡美食"。

天台美食，流传于民间，历史悠久，过去家家户户都会做，现在却不然了。为什么过去家家户户都会做呢？天台是个山区县，自然资源贫乏，在八山半水分半田的贫困山区生存，吃不上好东西，祖辈就凭着自己勤劳的双手、聪明的脑袋，把普通的粗粮，经过加工烹调，制作出许多美味食粮，久而久之，越做越好，品种也越做越多，就成了具有地方风味的美味佳肴，民间把这种美味食粮叫作"天台小吃"。天台还流传着一个美丽的小吃故事，说家里女儿在嫁人前，母亲就教女儿做麦饼，要求做得圆圆的，边上也要有菜肴才可以，要不然嫁到婆家去，婆婆会说这个囡心不灵手不巧，怎么会做事情啊！

天台小吃，既是一种美食，也是一种传统文化，同时，也是一种知识技术，更是天台经济社会发展的软实力所在。可惜一直流传在民间，官方没有进行过整理。社会经济是在社会文化中发展演变过来的，社会文化是基础，是一种蕴藏着经济的基础，更是一种潜在的生产力，只要你去发现，去挖掘，去利用，就可以转化为直接生产力。如果一个地方能够充分利用传统的社会历史文化，这个地方的经济就相对发展得更快。中国古代的四大发明也是一种文化，它推动人类进步。现代的文化更具有推动力。古代中国之所以能在国际上具有举足轻重的地位，主要是因为中国悠久、灿烂、辉煌的历史文化。近代中国的衰落，也是从文化的衰落开始的。当康乾盛世时，中国正在大搞文字狱，西方却在搞文艺复兴，产生了一大批思想家，解放了人们的思想，将中国远远地甩在了后面。当时中国也有许多思想家看到了这个问题，林则徐的好朋友、著名思想家魏源编写了一部《海国图志》，详细介绍了西方的人文、地理、科技、政治等。

但是一个偶然的机会，日本人在一艘船上得到三部《海国图志》，认为这简直是旷世奇书。当时日本的情况与中国差不多，美国侵犯日本并签订了《日美亲善条约》，日本也同样面临着沦为殖民地的可能。但是，日本的思想家看到《海国图志》后，受“师夷长技以制夷”的启发，发起了明治维新，使日本走上了强国的道路，可以说一部书惊醒了整个民族。

文化的实力软硬是相对的，说它软，它却可以吞噬整个民族于无形中。同样,文化也可以使一个地区、一个民族士气奋发、迅速强大。

当然,今天研究讨论天台传统的美食文化,绝不是为了发思古之幽情,也不是为了给人提供茶余饭后的谈资,而是就如何把天台的美食文化转化为推动天台经济发展的新的增长点而展开。如果能把这种传统文化,发展成现代服务业的经济产业,既能为我县农民提供就业出路,又能增加人民收入,同时可增加地方政府的税收,更能扩大天台的知名度。因为当今社会,一个地区能否快速发展,在很大程度上取决于对文化资源的开发和利用。天台无论是物质资源、地理区位,还是经济基础、优惠政策,都没有太多的优势。但天台的传统美食文化,只要积极开发、利用,必将成为现代人们喜好的美食,也必然能推动我县的美食经济。

扬州在这方面做得较好。曹雪芹祖父曹寅曾在扬州任两淮巡盐御史,并为康熙皇帝编修《全唐诗》等巨著,在扬州留下许多行踪和业绩,对曹雪芹创作《红楼梦》产生了重大影响。20世纪90年代初,扬州厨师在有关学者、专家的指导下,查阅了有关书籍和民间民俗典故,结合扬州菜肴、烹饪技术和饮食习惯,按《红楼梦》中有关菜点的描述,烹调出色香味俱佳的"红楼宴",引起美食界轰动。今天的扬州炒饭在全国各地都颇具知名度。还有外国的肯德基、麦当劳都是美食文化发展为美食经济的典范。

如何将天台的美食文化转化为美食经济,作为天台服务业的一个新的经济增长点,是一个需要探索的过程,对此,我有四点建议：

第一，组织有关专业人士，搜集、整理、分类、统一规范，形成天台美食的种类，并将制作程序、配料形成书面文字、图像，就像福建沙县小吃、肯德基、麦当劳一样，形成一种品牌，统一名称，统一制作标准，统一配方，统一美食的规格（如食饼筒的宽度、长短），形成标准化食品标准。就连美食店的牌子也应统一，朝着“百年老字号”的目标发展。

天台美食，要给她取个响亮而有传统特色的名称，建议由有关部门向社会征集一下，我个人建议统一叫“天台小吃”或“天台风味美食”。

第二，由劳动局组织对农民、下岗职工进行培训，对每一种小吃的历史进行讲解，制作过程进行演示，使每个参训人员都能熟练掌握天台小吃的制作过程，和中央电视台专门做烹调制作演示一样，天台电视台也可增加天台美食制作专题节目，把美食业作为服务行业的主导产业之一。

第三，政府出台扶持政策，对愿意从事天台美食的经营者，政府提供统一的制作标准，统一店名为天台风味美食店，统一品牌，统一价格，从业人员统一着装，对严格执行者，政府实行奖励，这对打响品牌、保证质量都很重要。

第四，分析经济效益，对店的规模、支出、价格、平均日销售量、利润、税收、收益等指标进行测算。我了解到天台有一家食饼筒店，单一做食饼筒，一年利润就有 10 多万元，员工只有 3 人。还有一个临海人在杭州开了一家“台州小吃”，品种比较多，很受欢迎，每天顾客盈门，生意非常红火，价格实惠，顾客吃得满意，估计一年挣 50 万—60 万元不成问题，这个店的店面也只有 2 间。开天台美食店也只要这种形式和规模就可以了，非常适合天台农民和下岗工人。如果在天台开几百家估计不成问题，因为在农村开店也照样有人吃，如果整个台州，以至全省、全国开起来，那可是一个很大的数字了。对天台地方的经济收入贡献就大了，天台的小康社会，包括农村的小康实现可能性就更大了。这就真正形成对外有影响力，对内有凝聚力，对经济、社会发展有推动力的文化软实力了。

《天台社会科学》第 4 期

和合文化与天台商人

和是中国传统文化的精髓，在中华民族文化中占有突出的地位。天台山是和合文化的重要发祥地，天台山和合文化是中国传统文化的重要组成部分。

文化的作用影响人的心灵，进而影响着整个社会，因为人作为文化的单元，不仅受文化的熏陶，而且也依一定的原理相互感通，相互认同，从而形成社会整体。文化的这种渗透力是人的社会性的体现，它能够保证经济、社会在一定的组织内有序展开。

天台山和合文化正是通过调控社会常态，助推着天台经济、社会的发展。

从内涵上说，天台山和合文化包含着下面三方面内容：

第一，和气生财。天台山的和合本身包含着家庭、夫妻、朋友等的和合，是全方位的和合，只有和和气气，才能平平安安，只有平平安安才是做好一切事业的基础。用今天的话说，和平是发展的基础。因为常态中的社会必然存在着人与自然、人与人、人与社会的矛盾。而且人自身还存在情感与欲望的矛盾，这种矛盾如不解决，社会的常态将会被打破。天台山和合文化的这个内涵，使天台人始终保持一种内心的和谐与平静。

第二，和合开放。和合本身不仅包含着和气，还包含着大气，包含着兼容并蓄，包含着开放。具有了大气才能达到处事不惊，一团和气；具备了大气才能不断解放思想，不断接受新的思想、新的事物、新的理念；具备了大气才能不断与外界交流，也才能走出山门。

第三，和而不同。和气、开放加上天台人特有的善于捕捉信息的灵气和肯吃苦的硬气，使大批天台人走出山门，走向世界。他们虽然与周围的人保持和谐融洽的关系，但做任何事情，从事某种产业，都是经过自己独立思考的，都有自己独特的见解、独立的视角，这就是和而不同。这就使17万天台人遍布天南地北，从事各式各样的行业。

正是受天台山和合文化的不断影响，天台人不仅能走出去，而且走出去的天台人大多是成功的。

如何将天台山和合文化进一步融入天台人生活，改善天台人的思想意识，进而进一步助推天台经济社会发展，建议从以下几方面入手。

第一，在天台各商会中集中开展一次天台山和合文化学习活动。目的是理解和合文化，运用和合文化，借此开阔视野，提升理念的高度。

第二，在天台各商会中开展和合人文化大讨论活动。着重讨论天台和合文化的含义与天台人经商的关系，如何运用到经商中去。使他们知道5年的企业靠积累，10年的企业靠老板，20年的企业靠制度，百年的企业靠文化。

第三，建立和合文化网站。由工商联组建、着重对外宣传天台和合二圣，宣传天台和合文化中的和气生财、和合开放、和而不同等内涵，一方面提高天台山知名度，另一方面形成长效机制，让天台商人做学习型商人。

《台州社会科学》2008 年第 3 期

非物质文化保护应做到“三有”

非物质文化遗产又称口头遗产或无形遗产，它包括各种类型的民族传统和民间知识，各种语言、口头文学、风俗习惯，等等。它最大的特点是不脱离民族特殊的生活、生产方式，是民族个性、民族审美习惯活的表现，它依托人本身的存在，以声音形象和技术为表现手法，并以口传身授作为文化链的延续方式，是活的文化及其传统中最脆弱的部分，因此对于传承过程来说，人就显得尤为重要。

我县是浙东名邑，历史悠久，不仅有大量的物质文化遗产，而且有丰富的非物质文化遗产。县委、县政府也十分重视文化遗产的保护，为优秀传统文化的弘扬做了大量工作，取得了显著成绩。然而由于经济和社会的急剧变迁，文化遗产的生存保护和发展遇到了许多新情况和新问题。

如何保护这些非物质文化遗产？国务院加强文化遗产保护的通知，确定了保护为主，抢救第一，合理利用，传统发展的方针，也就是说，只有保护好才能利用、才能发展，保护是前提。具体到我县非物质文化遗产如何保护，建议做到以下几个“有”。

第一，非物质文化遗产传承有阵地。把它作为乡土教材进入中学课程。理解乡土、热爱乡土，是培养爱国主义情操的起点。只有让更多的人了解非物质文化遗产，熟悉非物质文化遗产，进而支持非物质文化遗产保护工作，才能做好与之相关的保护工作。只有传承才能更好地保护。同时这也是宣传天台，提升天台知名度的一个途径。

第二，非物质文化遗产保护有载体。文化与旅游密切相关，缺乏文化的旅游就缺少冲击力、生命力。济公传说是济公故居旅游存在和发展的生命力所在，同时，济公故居的发展也物化了济公传说，为济公传说的传承和发展提供了载体，使之经久不衰，两者相得益彰。这就是一个典型的成功例子。非物质文化遗产只有发挥作用，才能促进发展，才有生命力，也才能得到保护。

第三，非物质文化遗产保护应有规划。调查工作已全面展开，要真正做好保护工作，需有规划。应在科学论证、多方调研的基础上，尽快制订保护规划，明确资金来源、保护范围、责任分工，提出长远目标和近期目标等。

《天台报》2008年6月25日

关于天台山定位为佛教名山的几个问题

天台县委提出把天台山打造成中国第五大佛教名山的口号，并开展了大讨论。

一、四大佛教名山并非按宗教地位而定

中国四大佛教名山是佛教界的一个专有名词，是对于佛教四大菩萨道场而言的。而佛教四大菩萨亦是佛教专有名词，即文殊菩萨、普贤菩萨、观世音菩萨、地藏王菩萨，且在百姓心中各有所属。文殊菩萨主管智慧，普贤菩萨是理智的化身，观世音菩萨是慈悲的化身，地藏王菩萨则是志愿的化身。这四大菩萨是经过千百年历史形成的，举世公认的佛教界的专有名词，且各有成因。如文殊道场五台山，《华严经》中曾说到东北方有清凉山文殊菩萨及一万菩萨常住此山说法，又唐时译《文殊师利陀罗尼经》中讲佛灭度后，南赡部洲东北方有大振那国，国中有五台山，是文殊师居住和说法之处，因此，五台山就被作为文殊菩萨现身说法之所。

又如普贤道场峨眉山。晋朝时建有普贤寺，是供奉普贤的开始，宋代则盛行普贤显灵。宋太宗太平兴国元年(976)，诏造普贤铜像，安置寺中，于是逐渐称为普贤菩萨道场。

其他像观世音菩萨道场普陀山、地藏王菩萨道场九华山也各有所因。

总之,这四大名山是按着道场而分的,属于大众佛教的层面。四大佛教名山一说,并不能表明其宗教地位。

二、天台山实则是中国佛教第一山

换一种角度排列,天台山就是中国佛教第一山。

第一,天台宗被认为是第一个中国化的佛教宗派,是中国佛教第一宗,是佛教八宗之首。所以天台山从地位而言理应是中国佛教第一山,国清寺是佛教天台宗的根本道场。

第二,天台山塔头寺有"即是灵山"之牌,意为这就是灵山。灵山就是灵鹫山,是释迦牟尼佛成佛之山。天台山不是第一山又是什么?而佛教灵山的背景,河南、江苏、广西都有,特别是河南灵山,其中的灵山寺是中原四大古寺之一,宋明两朝好多皇帝都曾御驾灵山,其中明太祖朱元璋三上灵山,敕封灵山为皇山,灵山寺为国庙。而无锡灵山寺,则打造了高达 88 米的灵山大佛,前中国佛教协会会长赵朴初先生为之题诗《灵山大佛》《小灵山》,这些都很有影响。而天台山如果再用佛教灵山打旅游牌,有步其后尘之嫌,而且也仅说明宗教地位,还不如可触可摸的、形象鲜明的"中国佛教第一山"来得直观。

第三,国清寺前有教观总持照壁,意味理论和实践都是总持,这不是第一又是什么?

其实,打造"中国佛教第一山"与传统的四大佛教名山并不相悖,好比古有四大美女,今又有亚洲小姐、国际小姐评选等。

三、如何打响

第一，由天台山文化研究会邀请国内外佛教界权威人士（天台山文化研究会已与中国社会科学院宗教研究所有过多次合作，且有良好基础）参加，就打造“中国佛教第一山”这个专题召开高级别的研讨会，收集论文，结集出版，从理论上造出声势。

第二，不要天女散花般地四处宣传，可以主要针对上海市场，可与上海某电视台签约，每年门票收入增长部分5%或10%作为给电视台的广告费，电视台则每天要播出一定时间，有效期三年。主打“中国佛教第一山”品牌，滚动宣传，造成强大声势。

第三，在上三线等显著位置打中国佛教第一山——天台山广告牌。

第四，事物的发展变化，内因总是起主导作用，天台自己要创造天台山就是中国佛教第一山的氛围，不然旅客来了，难以留下深刻印象，为此，应该拆除景区不协调建筑，导游培训、城市建筑、广告、路牌、公交车等都应体现出第一山的风范。

第五，国清寺、天台山佛教学院要更深入地研究天台宗教义，以实例说明天台山本身就是第一山。

当然，天台山——中国佛教第一山，打响的只是一个口号，是一种形式，天台山旅游能否有一个大起色，关键还是看各部门能否通力合作，全体天台人民能否有合力兴旅的意识，能否有良好的旅游兴县氛围。

《天台报》2006年2月8日

弘扬和合文化　建设和谐天台

当今社会，和平与发展已成为世界两大主题。发展不仅需要和平的国际环境，更需要国家间日益紧密的经济文化合作及联合。因此，中国古老的和合文化又被赋予新的时代内涵，焕发出新的光彩。

中国传统文化“和合”的“和”指的是和谐、和睦、和平、和善等意，“合”是指汇合、结合、联合、融合等意。将“和合”连用，指自然、社会、人际、心灵文明诸多元素相互冲突、融合，在冲突、融合的动态过程中各元素、要素和合为新的结构方式，其内涵除了强调团结、协作的意思外，更有向心、凝聚的含义，特指事物与它所处的环境和相联系的结构实现融汇统一。

李瑞环在会见香港各界知名人士时曾指出：“在我国悠久的历史发展过程中，我们积累了很多的经验和教训，其中最重要的一条就是提倡‘和合’，强调团结。”又特别指出：“当今中国要发展、要振兴，必须继续弘扬中华民族的优良传统，特别要提倡‘和合’，强调团结……唯团结才能稳定，唯团结稳定才能发展繁荣。”

胡锦涛同志在党的十六届六中全会提出了“倡导和谐社会，培育和谐精神，构建和谐社会”的新理念，是一种治国理念，也是社会追求的目标。

现在民间普遍信仰的“和合二仙”，其原型就是隐居在天台山70多年的寒山、拾得。清雍正十一年(1733)，雍正帝在《御选语录·序》中指出：“如二大士(指寒山、拾得)者，其庶几乎？正信调查，不离和合因缘，圆满光华，周遍大千世界。”并御封寒山、拾得为“和合二圣”。

台州市委、市政府也十分重视挖掘和合文化并服务于现代社会。

台州市三届三次党代会报告指出：“要大力弘扬台州人文精神，深度挖掘台州和合文化资源，增强对大台州认同感和归属感，积极倡导和谐理念，培育和谐精神，广泛开展各类和谐创建，增强全社会的凝聚力、向心力和亲和力。”

时任台州市委书记张鸿铭同志指出：“我们的文化在中国传统文化中占有突出的位置，植根于民间的‘和合文化’更与我们台州有着重要的渊源。”

因此，作为“和合二圣”寒山、拾得隐居地，浙江天台山如何研究、整理、挖掘、弘扬和合文化，如何赋予其新的时代内涵，使其在天台经济、社会发展中，在和谐社会建设中发挥更大作用，进而影响台州、辐射全国，对于天台文化工作者来说，意义深远，责任更加重大。

如何弘扬和合文化，建议从以下几方面入手。

第一，开展和合文化内涵大讨论活动。重点讨论什么是和合文化，和合文化在现代化建设中所起的作用，和合文化与天台的历史渊源关系，天台山文化中能体现和合文化的典型例子，进而分析其内涵及对天台、对台州文化的影响，包括对民间习俗、人民生活的影响及对今天和谐社会的影响。搜集存在于民间的和合文化的种种表现以获得历史的认同感。由天台山文化研究会召开学术研讨会，以邀请名家做讲座的形式提升知名度。同时在天台开展和合文化大讨论专栏等多种形式的活动，以提高民众的广泛认同感。宣传部门组织开展“弘扬和合文化，打造和谐天台”重点调研活动，挖掘和合文化在天台的表现形式等，使和合文化能进一步深入民间、深入单位，进而形成一种强大的弘扬和合文化、建设和谐天台的氛围。

第二，开展谈和合之策活动。成立弘扬和合文化办公室，设在县社联，职能主要是研究如何使和合文化融入百姓生活，使之体现在百姓生活的方方面面，包括夫妻和合、兄弟和合、朋友和合，从寒山、拾得、济公及天台宗等精神上去挖掘、弘扬，使全县上下形成一种“人人讲和合，社会谋发展”的良好氛围。着手研究如何使和合文化融入景区建设，促进旅游产业腾飞，融入百姓生活，促进社会和谐。着重开展和合文化与天台旅游业大讨论活动，组织开展乡镇(街道)部门主要领导、干部谈和合，百姓谈和合等活动，畅谈天台如何打响和合品牌，利用和合品牌促进天台经济发展，为社会和谐提供好建议、好思路、好对策。众人拾柴火焰高，从而开展全社会“讲和合、谋发展”的浓厚和合氛围。

第三，开展促和合之举活动。以农民文化节、邻居节等为载体宣传和合文化，加强广场文化、企业文化、校园文化、社区文化等群众性文化活动，增强群众凝聚力。开展和合文化征文、广场文化巡演等活动，创建农村文化俱乐部、非公企业文化俱乐部、社区文化俱乐部等加强市民素质教育、行为礼仪教育，加强文艺精品创作，争取出一批有影响力的精品。以这些为载体、平台，促进社会文明、和谐。

在机关、学校、企业和社区通过网站、楼宇广告、宣传栏、标语牌等形式广泛开展各种宣传活动，为弘扬和合文化创造良好氛围，使和合文化能进机关，进学校，进企业，进社区，进入平常百姓生活的方方面面，从而影响百姓的生活，影响他们的生活习惯，影响生活、生产习俗，影响思维方式，进而形成社会的和谐。

《天台社会科学》第5期

做强文化产业　振兴天台经济

十七大报告明确把“激发全民族文化创造活力，提高国家文化软实力”作为重要的文化发展战略，可谓意义重大，标志着我国已将文化软实力建设提上日程。

在以市场化手段提供主要文化产品和服务的社会主义市场经济条件下，发展文化产业是提升文化软实力的基本途径。

天台县自 2002 年提出建设文化强县的战略目标以来，先后采取了一系列措施，大力发展文化产业，取得了一定的成效。

一、天台县文化产业发展的现状

（一）发展环境不断得到优化，战略地位显著提高

一段时期以来，县委紧紧围绕率先建设小康社会，从贯彻落实科学发展观、构建社会主义和谐社会的战略高度，强调不仅要抓好经济建设的“硬实力”，还要抓好文化建设的“软实力”，把发展文化产业作为文化强县建设的重要目标和突破口，置于国民经济和社会发展全局来考虑，为全县文化产业发展打下了良好基础。县十二届一次党代会上，发展文化产业，构建天台特色文化产业体系被作为一项战略性重大举措写入党代会报告。

(二)鼓励政策不断出台,综合实力明显增强

县委、县政府十分重视文化经济政策的制定和落实,先后出台了一系列文化经济政策。如我县有悠久的种茶历史和深厚的茶文化。茶圣陆羽在《茶经》中说:“天台山茶叶生赤城者与歙(安徽歙县)同。”有这样的知名度却一直没有很好开发,茶叶产业也只是零星的小打小闹。近几年,我县十分注重天台山茶文化的挖掘,特别是炒制技术的提升、茶道的弘扬、品牌的建设,使天台山云雾茶知名度大为提升,销量大增。县政府也顺应时势,实施“千吨万亩有机茶”工程,对30亩以上连片发展的茶园每亩奖励200元。目前茶文化产业颇具规模,现在茶叶收入已占农民收入的50%以上,计划在“十一五”期间全县茶园面积达10万亩,产值达3亿元。佛雕文化产业已有大小佛雕工厂200多家,年销售额超过1.5亿元。养生文化产业中铁皮石斛、乌药这两张名片得到有效开发。

(三)文化与旅游不断结合,推动作用日益明显

现代旅游必须以文化为支撑才能持续发展,缺乏文化的旅游是没有生命力的旅游。我县景区除传统的国清寺主打第一个中国化佛教天台宗祖庭牌、石梁主打“天下第一奇观”牌外,还因五百罗汉道场而闻名。近几年新开发的景区除注重风景秀丽外都以文化为支撑点,琼台仙谷是传说中周灵王太子王乔驾鹤羽化升天之所,是中国道教南宗的发祥地;天湖景区则因智者大师放生池闻名;龙穿峡景区则因司马承祯、徐霞客、李白等名人留下的足迹而闻名。

二、存在问题

(一)缺乏合力,导致文化产业底数不清

传统的观念认为文化是消费性的部门,而对文化能创造财富,作为支柱产业,普遍存在认识偏差,从而导致文化产业存在多头管理,职责不清,分工不明,缺乏主管部门的现象。以娱乐业为例,工商、财税、消防、文化部门都在管理,但是涉及对现状的统计,比如说具体从业人员有多少,每年产值多少,创税多少,增长还是减少,其数据并不精确。而整个文化产业类每年税收多少,从业人员多少,产值多少,发展前景又如何,其数据也不精确。一个产业只有发展到了一定程度、一定规模才能使人们对其加以重视并扶持。而实际上,政府应有一个通盘的了解,这些产业需要什么样的扶持,它们在关注什么,它们发展的环境又如何,只有全面地了解,才能真正知道这些中小文化产业企业的所需、所求。这也是发展软环境的一个重要方面。

(二)规模偏小,导致产业链不长

尽管我县的文化产业有了较大的发展,但总体上发展规模偏小,产业链不长,产业之间的有机结合不密切,产业组织还处于小规模分散化经营状态,产业群根本没有形成,产品的规模效应没有得到很好的发挥。传统文化产业比重大,现代新兴文化产业发展不够,技术水平低。以文化产业核心层之一的出版发行业为例,天台也有较多印刷业,但大多数是家庭作坊式的,难以形成大的集团,一些高质量、高档次的印刷,只能放到外地。

（三）创新意识薄弱，导致资源无法很好开发

天台是浙东名邑，历史悠久，文化深厚。天台山文化研究也是硕果累累，但在成果转化上，即在如何转化成对天台经济社会发展有推动作用的成果上，还存在研究成果就是出书等传统的思维，缺少对运用文化推进经济社会发展的深入研究。如天台县号称中国第一个“围棋之乡”，却对文化体育产业没有产生多少影响。而同为围棋之乡的嵊州却充分利用优势，做强了围棋产业。又如济公文化、和合文化是天台很有影响力的文化，都没有得到很好的开发。

三、几点建议

（一）不断提高思想认识

当今世界发展的一个重要趋势是经济与文化日益融合，文化的需求带动了经济社会的发展。文化产业成为国民经济的重要组成部分，成为21世纪的黄金产业，并成为发达国家的支柱产业。而一个地区的发展程度，在根本上取决于其对本地文化资源的挖掘和利用程度。而我们天台无论经济基础、物质资源还是区位都没有太大的优势，独有天台山文化得天独厚。因此要通过会议、论坛和媒体等各种形式提高广大干部群众的认识，使他们在高度重视科技创新的同时，切实改变轻人文的偏向，重视文化创新，将文化产业列为优先扶持、优先发展的重点产业。

(二)尽快制定发展规划

文化产业发展问题是一个产业问题,是一个市场问题,不再是一个传统的事业问题,而是一个产业关联度极大的经济问题。要把文化作为大产业渗透到经济领域,需要有详尽的规划,应通过调研制定具有指导性和可操作性的规划。规划应包括传统文化与现代文化如何结合,政府如何发挥引导作用,以及现状、发展方向、重点工作、薄弱环节、政策扶持、资金保障、阶段性目标等。

我县文化产业尚处于起步阶段,规划得好就可具有广阔的市场前景和巨大的发展空间,济公文化、和合文化等都是极具成长性的文化产业,应采取各种措施,落实各种政策,保证这类文化产业能得到优先发展、快速发展。

(三)拓宽投融资渠道

文化产业繁荣的关键是有各类社会资金以各种形式通畅地投入其中来,形成滚动发展、良性循环的产业链条。我县发展文化产业最大的瓶颈也是资金。建议设立文化产业发展基金,鼓励民间资本和外资向文化产业领域流动,形成以政府资金为引导,以企业投入为基础,以银行信贷和民间资金为主体,弥补文化产业跨越发展中的巨大资本缺口,应鼓励企业增加对文化的投入。

(四)加大人才培养力度

日趋激烈的文化人才竞争将成为夺取文化产业未来制高点的决胜因素。因此,政府必须树立人才是第一资源的观念,切实制定和落实文化人才培养规划，充分发挥天台教育资源优势，加强与文化培训机构的合作，多层次、多渠道培养文化专业人才。特别是既懂得天台山历史文化，又能适应多种产业融合需求的文化资本经营、文化经纪代理、网络游戏开发、媒体产业经营管理方面的优秀两栖及多栖人才。又可结合非物质文化遗产普查，挖掘民间文化的同时，发挥民间优秀人才的作用。

（五）建立统计监测体系

应从天台实际出发，尽快建立文化产业统计监测体系和调查核算制度。建立文化产业促进会，安排必要财政资金，配备必要的统计专业人员，加强文化产业统计核算工作，以便及时准确地开展文化产业统计核算数据分析研究，为宏观决策的科学性提供依据。建议将培养文化企业发展指标纳入行政绩效考核体系。

2008 年 3 月

（本文为台州市天台县政协八届二次会议的大会发言资料）

用好霞客文化资源
推进天台旅游发展

随着中国旅游日时间的确定,徐霞客本人及其游记已成为一笔宝贵的旅游文化财富。各地都在寻找、挖掘、整合和弘扬本土文化中能与之契合的文化元素,并根据自己的特色,出台新的优惠措施,实施新的主题活动,树立新的文化品牌,以吸引更多人参与旅游活动和集聚更多的人气。

徐霞客与文化名山天台山历史渊源深厚,曾三游天台山,写下了《游天台山日记》和《游天台山日记后》两篇游记,不但均收入《徐霞客游记》,而且把《游天台山日记》作为开篇之作,足见天台山在其心目中的神圣地位和向往之情。

天台山作为《徐霞客游记》的开篇地和首游地,如何充分利用与徐霞客的渊源关系,挖掘其文化资源,打响其文化品牌,做大其文化产业,对于天台旅游业的进一步发展有着十分重要的意义和积极的推进作用。

如何用好徐霞客文化资源,推进天台旅游发展,我们提以下几点建议。

一、办好一个节庆——办好徐霞客首游天台山纪念日庆典活动

文化的关键在于化,如何化、怎样化的过程,也就是不断挖掘其内涵,活化其因素,增强其实力的过程。徐霞客是中华历史文化四十名人之一,许多地方都通过不同形式的节庆、纪念日等形式挖掘这个内涵,打响这个品牌,江苏江阴通过连续7年举办"中国徐霞客国际旅游节",我们隔壁的宁海县通过举办10届"中国(宁海)徐霞客开游节",极大地推动了当地旅游业的发展,充分显示了徐霞客的名人效应和价值,以及节庆纪念活动带来的影响力。

1613年5月20日,是徐霞客游记的开篇日,也是徐霞客首游天台山日,距今年5月20日刚好400年。我们认为作为《徐霞客游记》开篇地的天台应抓住这一十分难得的历史性机遇,选择对徐霞客最有特殊意义的日子——5·20首游天台山日,举办徐霞客首游天台山四百周年大型纪念活动,通过纪念活动进一步提高天台山知名度,加快旅游项目的推进。

我们建议把每年5月份举办的各类庆典活动统一命名为"中国天台山徐霞客首游节",每年都围绕同一个主题,即纪念徐霞客首游天台山,时间为5月20日,把原来的杜鹃节等都作为系列分项活动。这样更有利于把重走霞客路、赏云锦杜鹃、拜济公活佛及问道悟真、听经参禅等各种旅游项目有机整合,使活动主题更加突出,活动内容更加丰富,活动效果更加明显。如果可能,通过省旅游局向国家旅游局提出申请,要求将今年

中国旅游日暨徐霞客首游天台山400周年庆典活动主会场设在天台,因为于首游日在首游地举行纪念活动也是合情合理的。

二、做好一篇文章——做好旅游景点与《徐霞客游记》的结合文章

徐霞客是中国旅游界的先驱和"游圣",是举世闻名的旅行家。千古奇书《徐霞客游记》是中国历史上最有价值的旅游专著,被学术界列为中国最有影响力的20部著作之一,被后人誉为"世间真文字、大文字、奇文字",在中国乃至世界有着突出的历史地位和学术研究价值。我们对其旅游文化的弘扬和挖掘,更多地应体现在对景区的开发和建设上。

徐霞客的足迹遍及天台的众多景区,如华顶、石梁、琼台、赤城等,在他的游记中都留下了精彩的语句。我们可以在每个景区的入口处设立徐霞客描写该景点的文字,使人一到景区就有一个初步的印象。我们可以把徐霞客本人及其游记中的精彩片段作为旅游产品来开发,进一步丰富景区的文化内涵。如游记中提到赤城山的洗肠井,现在井湮岩存,我们可以在井边合适位置立一石碑,将晋高僧昙猷为去石梁面见五百罗汉在此洗肠的典故刻于其上。同时写上徐霞客在那一天游览此处,也可以加上游览此处时的背景和心情,让游人在了解典故、增强感性认识的同时,领悟佛门高僧淡泊宁静、淡定从容、随性随缘乃至生死一如的境界,这实际上又丰富了一个景点。我们可以在科学认证的前提下,在徐霞客到过的景点适当建一些纪念性

的建筑，安置徐霞客立像，既便于游客观光，又彰显景区的徐霞客文化内涵。也可以用徐霞客来命名他到过的一些景点，如霞客路、霞客坪、霞客山、霞客亭等。还可以邀请专家，精选游记中的精美语句，在景区的合适位置制作摩崖石刻或石碑。还可以把新开业的上档次的酒店命名为徐霞客大酒店，里面的客房包厢名称全用《游天台山日记》和《游天台山日记后》里面提到的地名，进门的大厅就叫宁海厅，让游客产生一种亲切感，走一遍包厢也是对游记的一遍解读。

三、树好一个品牌——树好徐霞客旅游的文化品牌

"搬柴运水无非妙道，郁郁黄花皆是智慧"，我们旅游的过程实际上是一个文化学习的过程。缺少文化的旅游是没有生命力的旅游。一个地区旅游业如果打文化牌，则容易出特色、出魅力，这种品牌也是内在的、持久的，更是可持续的。

第一，成立徐霞客文化研究会。对徐霞客文化的研究，已形成一门包罗万象的徐学。中国有徐霞客研究会，许多省市都成立了研究会，我们天台也应尽早成立研究会，开展这方面的研究与交流。

第二，举办一次徐霞客旅游文化研讨会。邀请国内外的专家学者就徐霞客与天台山、徐霞客的旅游文化品牌等展开学术交流，旨在挖掘徐霞客的有关史料，提炼其文化内涵。

第三，出版徐霞客系列书籍、画册。打造徐霞客精品影视剧、网络卡通动漫影片等。目的是通过传统和现代两种方式传

播徐霞客文化。

第四，组织一次霞客杯天台山游记征文。目的是吸引各地作家到“心灵的瑜伽园”天台山采风，并通过他们把天台山的美景传播出去，把徐霞客与天台山的文化品牌打响。

第五，组织一次千名驴友霞客古道行活动。通过网络组织千名驴友重走霞客路，统一标识为“中国旅游日首游天台山”。旨在通过这样的活动，重新体验徐霞客当时的情景，做一回徐霞客，找到徐霞客当年徒步考察时的感觉。

第六，组织百名教授天台行活动。随着《游天台山日记》被列入大学语文教材，并广为传诵，天台山也随之进入高校学子的视野。我们可否分批组织百名中文系教授实施“读《徐霞客游记》，赏天台山美景”活动，目的是能使天台山美景声情并茂地进入大学中文系讲堂，这也是有影响力的免费广告。

四、建好一条线路——建好跟着游圣去旅游的精品线路

徐霞客初游天台山在明万历四十一年(1613)农历三月底至四月初八，历时 9 天。第二次在明崇祯五年(1632)，历时 10 天。第二次游览分为两个时段，所以有人说两游天台，有人说三游天台。第一时段为农历三月十四至二十，共 7 天，主要游览北片诸胜，游览完北片诸胜至城关后，中间去了雁荡山，后回来；第二时间段是农历四月十六至十八，共花了 3 天时间游览西片诸胜。前后历时 19 天，足迹遍及天台的绝大部分景区。游记基本上反映了天台山的全貌。

如此众多的景点，都与“游圣”有着密切的联系，我们可以选择几条有代表性的线路，连点成线，命名为“跟着‘游圣’游天台”。徐霞客游线被列为国家19项线性文化遗产之一，因为我们还有60多公里的完好古道，完全可以以此吸引国内外游客。建议尽快修复连接有标志性意义的破坏严重的古道，同时组织编写具有高度权威性的、统一口径的景点导游解说词。

文化的最大功能是获得认同，进而达成共识，产生力量。一种文化、一种思想足以改变一个民族、一个国家，乃至整个世界和全人类，但其前提就是要走进人民大众，并为大众所接受。丰厚的天台山文化因为没有走进大众，走进百姓生活，所以无法影响人们的思想意识和行为方式，故无法显示出其强大的生命力和对外影响力。一系列精品线路的设计，可以让游客在游的同时，去感受、思考、领悟徐霞客当时的情景及其中的文化内涵，可以让文化真正地走进百姓中去。因为“说得一丈，不如行得一尺”。国务院批准设立中国旅游日，目的也是使旅游更加贴近并走进城乡百姓生活中。通过精品线路的设计，通过亲身地参与和感受体验，徐霞客文化乃至天台山文化将内化于百姓之心，外化于百姓之形，活化于百姓之行，从而形成对内有号召力，对外有辐射力，对经济有渗透力，对社会有推动力的文化产业体系。

2013年3月

（本文为天台县政协九届二次全会大会中的优秀发言）

发挥文化优势　建设和谐天台

天台山文化是和谐的文化。

一、天台山文化中和谐思想的基本内容

(一)三宗同创,相摄共融,体现了教义之间的和谐

天台宗的创始人智者大师不仅对佛教各类经典和学风做出了折中,对中印两种不同的思想学说加以融通,而且融会佛、道两教,吸取仙道、儒学的精华。比如将儒之“五经”、道之“五行”,比为佛教“五戒”,进行融摄,从而创造了第一个中国化的佛教宗派——天台宗。道教南宗创造人张伯端则出儒入道,倡以内丹为中心的“三教归一”论,继则出道入禅,吸收佛禅教理,以“诸佛妙用,广其神通”为基础,开创道教紫阳仙派,创造了道教南宗。宋代理学集大成者朱熹,既融合天台宗之佛学,又融摄道教南宗的“内丹学”,形成了新儒学——理学,使儒学进入了一个新的发展时期。

(二)三教同山,相居共处,体现了教众之间的和谐

我国很多名山,或偏于佛,或偏于道,或佛道兼之,唯天台山与极少数名山是真正儒、释、道三教鼎足睦居。汉、晋、南朝,

天台山三教就先后开始兴起。到了隋唐，三教迅速发展，尤其释、道达到最盛时期，佛教寺庙、道教宫观、儒家书院大量兴建。同在一山，相容三教，相安无事。像赤城山，既是天台宗五祖灌顶、九祖湛然讲经说法之地，又是道教高道葛洪、魏夫人（魏华存）修炼的第六洞天玉京洞之所在，还是儒师学子的教读之处。天台山儒、释、道三者可谓相容睦居，和谐共处。

（三）三理同修，相学共研，体现了教派之间的和谐

天台山神奇的山水和三教兼容的特点，使它成为文人学士、僧侣高道云集之地。儒、释、道三教修持者主张兼收圆融，相互研学，取别人之长，丰富自己。因此，天台山出了很多精通三教且倡导三教"和合"的高僧、名道、儒师。如南朝儒官、儒师兼道教学者顾欢提出"道即佛也，佛即道也"的道释同源论；曾在天台山修炼多年的一代道教宗师陶弘景，首倡"三教合一"，大力提倡"佛道双修"，立"佛道二堂，隔日朝礼"；又如唐代高道司马承祯，隐居天台山30余年，提倡"佛道双修""神仙即人"的道学主旨理论，欲以道教文化会通儒、佛二教，融佛、道、儒于一炉。

二、天台山文化中和谐思想的表现形式

和谐思想体系主要包括人与自然、人与社会及人内心的三大和谐内容。天台山文化中的和谐思想包含"天人和合论""社会和合论""自我和合论"三大部分。其中任何两者皆互相对应。

（一）天台山文化中的“天人和合论”，对应的是人与自然的和谐

智者大师创立天台宗后，一度因为理论上没有创新，其影响逐渐被后起的禅宗、华严宗所掩盖。中兴之祖九祖湛然提出“无情有性”论，提出佛性无处不在，自然万物皆有佛性，都能成佛，因为扩大了成佛的对象，所以一度中兴。后来发展成天台山佛教“依境立观，万物有性”的本体论；主张人与自然“缘起共生，依正不二”，讲的就是人与自然的和谐。天台山道教文化中“天人合一，天人同构”的宇宙论，追求的是天与人的合一，人与自然的和谐。

（二）天台山文化的“社会和合论”，对应的是人与社会的和谐

天台山佛教文化“三谛圆融，治生即道”的入世论，“慈悲做人，智慧做事”的处世论，讲究的就是人与人如何做到和谐相处，这是做人的大智慧。天台山道教文化中“身国同理，三教合一”的治国论，强调的是个人与国家的和谐统一。天台山儒家文化“士农工商，四民皆本”的治世论，一反以前重农抑商的传统，主张四者不分主次和谐共生，强调的就是人与社会的和谐共生。

（三）天台山文化的“自我和合论”，对应的是人内心的和谐

天台山佛教文化“性具善恶，超凡入圣”和“法不孤起，仗境方生”的佛性论，天台山和合二圣“安身乐道，自我湛然”的心性

论，强调的是人内心和谐的最高境界“是心作佛，心即是佛”。天台山道教文化“形神合一，性命双修”的道性论，提倡人的形与神的一体，心性与生命共修，达到内心的和谐。无论是道性论、佛性论，还是心性论，其实质都是“以人为本”的人性论。主要探究人的自我和合，即旨在追求人内心的和谐。因为“内有不和之因，外结不和之果”。

和，是中华民族的基本精神。因此佛、道内心都是讲和谐的，所谓“一念嗔心起，百万障门开”。但历史上两者之间往往是以排斥为主。以天台宗为代表的佛教文化、以南宗为代表的道教文化和以理学为代表的儒家文化，三者能相学互存、相融互摄、相辅互成，呈现多元共存、和谐共生的良好氛围，这需要上善若水的品质、有容乃大的胸怀和大爱无疆的情怀，而天台山客观上就具备这种文化元素。表现为我们的出家人虽然“身似法海不系舟”，但常“心怀度众慈悲愿”，因为他们都具有“但愿众生得离苦，不为自身求安乐”的情怀。

三、发挥宗教文化优势的四点建议

文化是人为的，也是为人的。其最大功能是获得认同，达成共识，产生力量，但前提就是要走进人民大众，并为大众所接受。天台山文化广而博、精而深，但是因为缺乏与生活的融合，所以无法影响人们的思想意识和行为方式，故一直无法显示其强大的生命力。如何形成对外界有辐射力、对经济有渗透力、对社会有推动力的文化体系，我提以下几点建议。

（一）加强平台建设，使之不断物化

文化是城市的灵魂和气质。天台山是中华和合文化的发祥地，而对和的追求是社会永恒的主题。传统的“寒山捧一盒、拾得持一荷”的塑像已深入中国百姓的生活，成为一种对平安、和谐、美满生活的象征。因此，在建设大型和合二仙雕塑的同时，建议在以后的城市建设尤其是农房改造、美丽乡村建设中，应统一色彩、基调和设计，使之成为一个“和”字。这既是对和合文化的物化，也是对城市品质的一种提升，对城市精神的一种体现。

我县国清寺、桐柏宫等寺庙宫观，在承载天台山宗教文化方面发挥了重要作用。但是一个不争的事实是，我县在海内外知名度并不高，美誉度并不够，影响力并不大。我认为要进一步发挥宗教文化的积极因素，还应有更为全面、更为具体的宗教文化承载物。根据宗教的群众性、生活性，以及世界范围内80％以上的人口都有宗教归属的现状，建议增建一处“世界宗教博览园”，将佛教、道教等宗教文化内涵不断具体化、物质化、有形化，从而使不断物化的文化成为天台的特征向量。

（二）加强学术研究，使之不断固化

近几年来，我县文化战线可以说是纷争不断，都是对我们佛宗道源地位的挑战。先是河南光山净居寺否定国清寺的祖庭地位，指出“净居寺为天台宗祖庭则当之无愧”。接下来是临海提出龙兴寺才是日本天台宗的发源之地。道教方面张伯端也一直存在着天台人与临海人之争。这看似是对文化资源的争夺，其实事关宗教义理的弘扬。因为历史上每次宗教的中兴，其实都是教义的发展和弘扬之时，也是高僧大德出现之时，更是地位确立之时。建议政府有关部门鼓励宗教界和有关学术研究组织开展这方面的工作，积极加以引导，发挥宗教界的主观能动性、社会上学者的积极性，为他们创造条件。可充分利用现有的资源(天台山文化研究会、天台山佛学院、桐柏宫道学研究院等)，组织人员进行研究，力求在理论体系上有所突破，重树天台往日崇高的学术地位，使佛宗道源的地位不断得以固化。

(三)加强音乐整理，使之不断泛化

世界之美，虽在其丰富多彩，但万物各得其和而生。音乐的本质是和谐。它是打破不同国家、不同民族、不同语言隔阂，促进人与人交流的艺术。它最能打动人，也最能感染人。一首《春天的故事》唱红了深圳一座城市。宗教音乐也不例外。现今宗教界比较有名的有北京白云观道乐和江苏茅山乾元观仙乐团，而据考证，两者都与桐柏宫有着千丝万缕的关系。近几年我们在开发天台山佛道音乐方面确实取得了不少成绩，2010年11月天台山佛道音乐会亮相国家大剧院，有效地宣传了天台。但还有需要完善的地方，比如如何加强宗教界人士本身艺术修养的训练，争取能够单独演出。又比如如何研发新型节目结构，把宗教界的更多教义和常规修炼编成具有高度表演性、观赏性的艺术节目，从而使文化不断以音乐的形式得到泛化。

(四)加强产业延伸，使之不断活化

发展是解决一切问题的关键。文化为和谐社会服务，首先就要为发展服务。我们应着重考虑如何激活文化基因中与人心相契合的元素，使之对旅游业发挥重要作用。兴建、整合一批体现佛道文化的旅游项目。

“和谐世界，众缘和合。”构建和谐世界离不开社会的和谐，社会的和谐离不开人际的和谐，而人际的和谐根源在于人内心的和谐。因为“内和乃求外顺，内和必致外和”，因为“种种世法，皆由心造”，因为“心和天下和，心安天下安”，所以“和谐社会，从心开始”。我们要做的就是挖掘其内涵，弘扬其积极因素，让天台“和谐之道，生生不息”，从而共同书写天台“和”的理念，传达天台“和”的气息，成就天台“和”的典范，进而真正实现“五教同光，共致和谐”。

2014 年 2 月

（本文为天台县政协九届三次会议中的优秀发言）

济公文化是维系两岸人民情感的纽带之一

——浙江省应充分利用和发挥其在统一战线中的作用

济公本是南宋名僧，后被人不断神化，成为平等、和谐、幸福生活的象征，进而产生了“济公文化”。目前，“济公文化”在我国台湾地区及东南亚各国都有巨大的影响，每年都有大量信徒前来天台山朝拜。2004 年，天台县重修济公故居后，台湾地区除澎湖外各县市都有信徒前来朝拜。据前来朝拜的台湾信徒介绍，目前台湾地区共有祭拜济公的大小道、堂、殿、庙 1200 多所，专职济公堂 160 多个，有登记的信徒 800 多万人，遍布全台各地，尤以台湾中南部为盛。

“济公文化”已经成为维系两岸人民的重要感情纽带之一，日渐显现其重要作用。受“济公文化”影响，济公信徒公开承认天台是他们的祖庭，绝大部分赞成两岸统一，不少人还以自己的实际行动反对“台独”，推动两岸统一。如台北修元寺住持李正端曾说：“台湾与大陆同祖、同文，‘台独’是危险的，老百姓不会答应。”台湾彰化县济公堂堂主曾明鑫先生曾在 2003 年中国台湾地区大选中以个人威信为连战拉了许多选票，其在考察济公故居时说:“济公为海峡两岸架起了金桥,我们可以常来常往了,我们相信台湾一定会回到祖国怀抱。”同时,“济公文化”的朝拜与交流,也改变了许多信徒的偏见。如台湾嘉义县龙隐寺住持邱景斌先生是个济公忠实信徒,过去对大陆存有偏见,但2005年5月来天台朝拜后大有改变。他表示台湾文化渊源在大陆,台湾济公信仰来源于大陆,正如济公师父是他们的家长,自己是济公的孩子,孩子不能背叛家长,台湾要从祖国脱离也是不现实的。

当前“台独”分子极力搞去中国化,否认大陆传统文化,企图以此来消除大陆文化对台湾的影响,给台湾民众造成了思想混乱,因此,我们更应充分利用“济公文化”,大力弘扬“济公文化”,使“济公文化”成为维系两岸人民的感情纽带,为两岸的交流和沟通架起一座桥梁。兹建议:

第一,提高对以“济”促统的认识。当前,两岸“济公文化”交流的规模与其在台湾的广泛影响力极不相称,主要是大陆对台湾济公道和济公信徒众多这个事实认识不足,导致宗教部门不敢管,政府官员不敢碰,使得一些台湾济公信徒不敢前来朝拜。实际上,济公道和济公信仰在台湾是一种民间乡土神明崇拜,并无多大的政治色彩,关键是如何因势利导。因此,省委统战部(宗教局)、省台办等部门应着眼于争取民心,将济公信仰和崇拜定位为“济公文化”或“济公文化行为”,并借鉴妈祖文化、佛教文化的经验,以“济”促政,以“济”促统。

第二,加强对“济公文化”遗产的保护。由于时代变迁,环境改变,原生态的“济公文化”遗产目前已处于濒危状态,亟需采取切实措施加以保护。一是要积极将“济公传说”申报为国家级非物质文化遗产;二是要加强对济公传说的资料收集和整理工作;三是要加大投入,通过省、市、县三级财政分担(鉴于天台县属不发达地区,应以省、市负担为主),加强对济公故里及相关遗产的保护。

第三,放宽大陆有关人士去台政策,加强两岸“济公文化”的联系。近年来,台湾济公信徒陆续来天台朝拜的同时,也邀请济公故里的人们去台湾进行双向互动交流,但目前我方受多方面条件限制,很难成行,两岸“济公文化”交流基本停留在“来而不往”的状况。对此,我省公安等部门应放宽限制,为两岸“济公文化”交流及以“济公文化”为媒介的统战工作创造宽松环境。

第四,主动加强对台宣传。我省文化、旅游部门应以济公故里(浙江省天台县)的实情实景作为对台宣传和交流的切入点,通过拍摄济公系列专题节目(可以在我省卫视和中央四套播出)、举办国际性纪念济公诞辰等大型活动,吸引台胞前来研讨、朝拜、旅游观光、投资,进行面对面交流,充分发挥“济公文化”的感情纽带作用。

2006年

(本文为台州市政协上报文章,得到时任省委副书记乔传秀等的批示)

建议举行中、韩、日
佛教天台宗“祈福世界反法西斯
战争胜利70周年和平法会”

天台县天台山国清寺，是我国第一个汉化佛教宗派天台宗的祖庭，也是韩国、日本天台宗的祖庭。韩国天台宗是该国五大佛教宗派之一，以小白山救仁寺为中心，在全国建有200多所下属寺院，拥有200多万信徒。日本天台宗的直系（天台系）和旁系（日莲宗系等）信徒达3000万人左右，由天台宗派生出的日莲、净土、禅宗等宗派，是日本佛教信仰的主流，对日本政界领导人参拜“靖国神社”等举措持反对立场。

2015年，我国将举办形式多样的反法西斯战争胜利70周年纪念活动，建议浙江省发挥天台山作为天台宗祖庭这一独特优势，邀请韩、日僧人，在国清寺共同举办中、韩、日佛教天台宗“祈福世界反法西斯胜利70周年和平法会”。

可行性：

第一，有交往的基础。韩国天台宗与我国佛教界十分友好，两国建交后经常组团来我国朝礼天台祖庭，规模大者达300多人。国清寺中建有中、韩天台宗祖师纪念堂，堂内供奉着天台宗创始人智者大师和韩国天台宗大觉国师、上月祖师。

中、日天台宗往来频繁，双方常组团互访。国清寺内建有日本天台宗高僧智者、行满、最澄的丰碑。1993年夏，中、韩、日天台宗高僧在国清寺确定中国天台山、日本比睿山、韩国小白山为三山友好寺院，成为原中国佛教协会会长赵朴初中、韩、日三国佛教界“黄金纽带”构想的重要组成部分。

第二，有共同举办活动的惯例。1995年5月，第一次中、韩、日佛教友好交流会议在北京召开，其后每年召开一次，由三国佛教界轮流举办，三国天台宗均派员参加历次大会。1995年，天台山建成天台宗祖师纪念堂，中、韩、日三国天台宗信徒参加落成法会。1996年至1997年，为纪念智者大师圆寂1400周年，中、韩、日三国天台宗分别在中国国清寺、日本延历寺、韩国救仁寺共同举行三次追慕大法会。

第三，契合佛教教义。无论从佛教教义还是佛教历史看，佛教都是爱好和平的宗教。与韩、日佛教界共同开展世界反法西斯战争胜利纪念活动，将是我国开展宗教外交的新尝试，具有特殊的意义，也将获得特殊的效果。

具体建议：

第一，法会发起。鉴于此次活动涉及国际关系，由国家相关部门予以直接指导、操作，既可规范活动内容，提升活动规格，又便于手续办理等具体事务。建议省里向国家有关部门协调，争取此次活动由国家宗教局指导，中国佛教协会主办，浙江省佛教协会和天台县国清寺具体承办。

第二，法会参加对象。建议邀请中、韩、日三国天台宗高僧大德、天台宗研究者、天台宗信徒代表，以及中、韩、日的天台宗组织。

第三,法会主题内容。建议法会以“发扬佛陀精神,维护世界和平,祈愿人类幸福,增进友好往来”为主题。法会内容可包括:祈祷和平仪式;围绕天台宗“和合”文化及“忏悔”“赎罪”等宗教概念开展研讨;佛教音乐演出;种植和平林;围棋、茶道等传统佛教文化交流;等等。

第四,法会时间地点。根据 1995 年中国宗教界发布的“和平文告”规定,今后每年 8 月 14 日至 20 日为“中国宗教徒祈祷世界和平周”。建议此次法会时间为今年 8 月 14 日至 20 日,地点为天台山国清寺。

2015 年

(本文得到浙江省委书记夏宝龙同志批示)

建立“一带一路”国家宗教文化习俗数据库助推我国与丝路国家的交流互动

据民进浙江省委会特邀信息员、天台县政协委员、县宗教文化交流协会理事陈远明反映，“一带一路”沿线国家是多宗教聚集区域，其宗教文化习俗在该区域的社会政治生活中占有重要位置。据统计，在“一带一路”沿线涉及的65个国家约44亿人口中，遵循各种宗教文化习俗的信仰者占了很大比重。阿拉伯国家及印度、尼泊尔和不丹等国家几乎全民信教。泰国、老挝、柬埔寨、缅甸、斯里兰卡等佛教文化区，宗教礼仪几乎全面影响人们的日常生活。如在印度，牛是印度教教徒爱护的动物，被视为神圣不可侵犯的，任何人均不得伤害它们。

在对外交流活动中，我国的社会组织、企事业单位、民众等或多或少都会与各国宗教文化习俗有所接触。由于沿线各国宗教文化习俗各异，在交流接触中难免发生一些与其宗教习俗相左的情况，极有可能导致我国在经贸合作、旅游观光、人文交流等方面处于被动。对此，建议国家以建立“一带一路”沿线国家宗教文化习俗数据库为载体，加强对沿线国家相关宗教文化习俗的宣传教育，推进我国与沿线国家的对外交流。

第一，将建立宗教文化习俗数据库纳入我国的“一带一路”战略部署，由中华宗教文化交流协会负责组织有关方面的宗教专家、学者，开展“一带一路”沿线各国的宗教文化习俗调查研究和收集，从而建立专门的宗教文化习俗数据库。

第二，数据库主要包括以下内容：(1)宗教基本情况。主要包括沿线区域宗教总体概况，沿线国家民众信仰与每一种宗教的情况，以及各种宗教的关系和影响。(2)宗教政策方面。主要指相关国家宗教在政策、法律、法规方面的规定和禁令。(3)宗教习俗礼仪。沿线不同地域的民族所具有的不同民族习俗礼仪、宗教习俗礼仪，诸如饮食礼仪、见面礼仪、宗教禁忌等。

第三，加强宗教文化习俗数据库的应用。建议将该数据库与我国主要宗教官方网站相链接，可随时提供人们上网查阅、学习、了解。依托该数据库，由中华宗教文化交流协会牵头编纂“一带一路”宗教文化习俗手册，专供人们翻阅学习。建议由外交部及驻外大使馆、领事馆牵头，对相关的社会组织、企事业单位、民众开展相应的宗教文化习俗培训教育。

2015 年 3 月

（本文为 2015 年浙江省政协用稿）

第　三　辑

读书的感悟

开卷语　读书是世上最美的姿态，

使人心大、心善、心强

一部无愧于伟大时代的史书

——写在《天台文史资料汇编》出版之际

“春风如醇酒，著物物不知。”正是在这春风满堂、春意盎然的季节里，《天台文史资料汇编》（以下简称《汇编》）由香港百通出版社出版了。这是我县文化强建设中的一大盛事。

一、使命

1959年4月29日，周恩来在招待60岁以上全国政协委员茶话会上指出，戊戌以降是中国社会变更较大的时期，有关这个时期埋藏的历史资料要从各个方面记载下来。他希望过了60岁的委员都能把自己的经验留下来，作为对社会的贡献，并指示全国政协在成立工作组时，其中要有收集历史资料的组。根据周恩来的指示，全国政协于1959年7月20日成立文史资料研究委员会（1989年4月改为文史资料委员会）。随后各省、自治区、直辖市也相继成立了文史资料工作机构。

经过40多年的发展，以史料“亲历、亲见、亲闻”为特征，通过对近现代各界人士排除干扰兴办企业，从事金融外贸旅游，致力教育等事迹的记述，通过对社会主义建设经验和教训的反映，人民政协文史资料工作在“存史、资政、团结、育人”等方面发挥着独特的作用，并日益受到广大政协委员和社会各界的重视。

天台地处浙江中部，历史悠久，文化灿烂。天台人民无论在抗击侵略、发展经济或振兴文化等各个方面，都有过卓越的建树和重大的贡献。因此，天台悠久的历史和发达较早的古代文明，需要我们去研究、去整理，天台人民伟大的创造和英雄业绩，需要我们去总结发扬；天台具有自身特色的地域文化，尤其需要我们去探讨；继往开来，推陈出新，为我们今天的改革开放三个文明建设服务。

天台县政协文史资料工作开始于1985年，同年成立文史资料研究委员会(1996年改名为文史资料委员会)。经过近20年的发展，先后完成了“王以仁专辑”“许杰专辑”“天台历史名人专辑”“风景名胜专辑”“教育专辑”“建国后史料专辑”“工业经济专辑”等。

这些史料，具有翔实可靠的资料性和具体生动的可读性，有许多是鲜为人知的第一手史料，在很大程度上填补了文献资料的空白和不足，成为巩固和发展爱国统一战线的有效工作形式，成为对人民群众，特别是青少年进行爱国主义教育和革命传统教育的极好教材，在社会主义精神文明建设中发挥着重要作用，成为我县建设有中国特色社会主义宏伟事业的重要历史借鉴，受到社会各界的普遍重视和支持。

然而，由于编印时经费有限、人手不足等客观条件的限制，当时编印的数量极为有限，加上时间跨度又长达20年之久，随着政协交流渠道的不断拓宽，对外联系工作的不断加强，库存的文史资料越来越少，其中《古今人物》《风景名胜》等专辑库存已无，但仍不断有人索要，这种局面已影响了对外宣传交流和联谊活动。

二、鏖战

“天时人事日相催，冬至阳生春又发。”

2003 年 4 月，县七届政协开局之初，天台县政协文史委主任葛永飞在向县政协主席会议做年度工作计划时就指出了以下问题：由于种种原因，库存的文史资料越来越少，有好几辑已告罄，但仍有人索要。以前几辑由于人手不足等原因，错误较多。

县政协主要领导听取汇报后明确表态，这些史料征集到也很不容易，遗弃了可惜，时间长了保存会越来越难。因此，要抓紧时间进行汇总、汇编。

然而，万事说起来容易，做起来难，正所谓“筚路蓝缕，以启山林”。说是汇编，其实根本不是简单地复印、机械地重印，必须对内容加以规划，对稿件进行检查、修改和质量把关。40 万字，文史委仅 3 人，深感责任之重大。

为此，文史委的同志们，根据主席会议精神，在很短时间内召开会议，考虑到工作的各个细节……此时的天台县政协文史委，就像大战前的司令部，把触角伸向四面八方，组建聘请了 10 个热爱文史工作者为文史委委员，不断地讨论调研，讨论篇目的编排，讨论工作的分工，讨论原稿内容的正误，讨论体例的编排，讨论出版社印刷的成本……其中单封面就前前后后修改了10多稿。

参与汇编的10余位同志每人都要担负数十万字的审阅、核对、编辑、核实等一系列工作，并且，他们大都有自己的工作，“会战”之难度可想而知。可以说，在那几个月里，这些同志都是在一种拼搏的状态下完成工作的。

许尚枢，原政协文史委副主任，原来几辑就是他负责编印的，所以对情况是了如指掌。他负责的是有关《汇编》的全面工作，部分内容的考证，篇目初稿的安排，都是他夜以继日完成的。

陈瑜，曾在天台县任文学协会会长。这个文学青年的好老师负责王以仁、许杰专辑部分的史料、核对、核实工作。因为这是额外的工作，只好夜里加班，那一段时间又刚好经常停电，就挑灯夜战至深夜，结果，因劳累过度、脑供血不足而导致中风住院，病情稍好后，仍念念不忘文史资料的校对工作。

张立道，20世纪50年代复旦大学高才生，原《天台县志》总编纂，患有高血压病，炎热的夏天里，中午顾不上休息，边吃抗压药，边校对历史人物……

摄影师高弘奇，负责插图部分的图片拍摄，拍摄铁皮石斛基地时，炎热的夏天，为了最佳摄取效果，在大棚里大汗淋漓，一趴就是半个小时，汗水浸湿了衣服也没叫一声累。

类似的例子举不胜举，陈周驹、范孝逸、丁其善、林为都是白天工作，夜里抽时间加班校对，赵子廉、曹志天为了翻阅原稿多次到图书馆找资料。王修坚先生说：“你们叫我做，是对我们信任，况且为了天台的文化事业，我没有理由不尽力做。”此话令人感到一股暖流在澎湃。正是由于这许多同志的忘我工作，这套3卷140万字的精装本《汇编》才在一年半之内如期完成。其内容包括政治经济、文教旅游、古今人物3卷。

三、硕果

江泽民曾指出:“一名领导干部不善于从历史中吸取营养,不可能成为高明的领导者;一个政党不善于从总结历史中认识和把握社会发展的规律,不可能成为顺应历史潮流的自觉的政党;一个民族不善于从历史中继承和发展本民族与世界其他民族创造的优秀文明成果,就不能屹立于世界民族之林。”①

确实如此。历史文化是人们认识社会、了解社会,进而改造社会的一个重要途径和基点,是一个国家、一个地区的国情、乡情的最生动、最形象、最集中的反映。古往今来,凡是有作为的政治家、思想家、军事家,都非常重视研究历史文化,从地域文化中,掌握一国的国情、一地的乡情,以此打开思路,制订方针,开辟局面。

新的《汇编》,是我县一项创纪录的宏大文化工程,是一部内容丰富、研究价值很高的文史资料集成,对于充分发挥文史资料在“存史、资政、团结、育人”方面的积极作用,对于广大读者获得“鉴往知来”的教益,意义重大。

《汇编》的出版发行,为我县的史料库增添了新的内容,如天台改始丰县为唐兴县时间问题,原稿为唐高宗上元二年(675),主要依据为《旧唐书·地理志》所载“唐兴,吴始平县

① 《江泽民文选》(第二卷),人民出版社2006年版,第301页。

的……上元二年，改为唐兴”。但仔细考究，唐代有两个上元，即高宗上元（674—676），与肃宗上元（760—761）。究竟是哪一个上元呢？史料说法不一，唐李吉甫《元和郡县志》说是肃宗上元二年，但《新唐书·地理志》却为高宗上元二年。经查，康熙《天台县志》曾载唐睿宗《赐司马承祯置观敕》，第一句即为“敕台州始丰县界天台山”。此敕成于唐睿宗，时仍为始丰不是唐兴，故始丰改为唐兴的时间，应为肃宗上元二年，故《汇编》中改为“肃宗上元二年（761）改唐兴县”。同时，很好地检验和锻炼了政协文史工作，拓宽了天台政协和其他地区政协的联系和沟通。

“日出江花红胜火，春来江水绿如蓝。”当前我国正处在改革开放和全面建设小康社会的重要历史时期，需要调动方方面面的积极性，团结一切可以团结的力量，同心同德，携手共进，谱写出中华民族伟大复兴的新篇章。伟大的时代需要伟大的作品，《汇编》就是一部无愧于伟大时代的史书。

《天台报》2005 年 3 月 17 日

者肯定是怀着一颗爱天台之心，穿着一身朴素的衣服，实地调查，再认真核对《徐霞客游记》后，仔细画出的。又如在《发展天台旅游之我见》一文中，作者谦虚地说“人微未敢忘家国，言轻也该道心声”，文中提出我县旅游体制不顺、资金不足、交通不便、宣传不够、规模不大、服务不佳的“六不”及其破解之法，都是建言建到点子上，立论立到要害处。

文章在描写天台山的景点时，笔尖总是饱含着深情。如：“天台山不是没有树，而是鲜有葱郁的大树。曾几何时，手臂粗的古藤与合抱粗的大树被毁于一旦，这是历史的遗憾。天台山也不是没有水，是无数的小水电站截去了水，是众多排污不达标的化工企业和居民生活用水污染了水，这也不能不说是天台人的遗憾。”

作者笔下的天台山景致是非常充满诗情画意，非常使人动情的。如：“月夜的寒山湖，远山蒙纱，近树笼烟，天上的月亮在水里，水中的月亮在天上，特别平静秀丽。虽不及范仲淹‘长烟一空，皓月千里，浮光跃金，静影沉璧’的洞庭湖，却更多几分妩媚。”（《天台月色奇》）近人王国维语：“一切景语皆情语。”如果不是出于对故乡的挚爱，即使游上十遍、百遍也写不出如此的文句。读着这些文句，不禁想起了龚自珍的两句诗：“踏遍中华窥两戒，无双毕竟是家山。”

在全县上下合力振兴旅游的今天，该书的出版至少有以下意义：其一，此书可说是天台山全景的导游图，饱含深情地宣传了天台山，从而提高了天台山的知名度和美誉度。近来许多外地游客慕名而来，寻访书中所介绍的新景点，就是一个例子。

其二，有些观点直接促进了领导的决策，推动了天台的旅游。如《构建三条黄金旅游线》一文中对旅游线路的安排；以及《张家界归来思天台》一文中要求全社会合力兴旅的意识；立足以人为本，对天台古城进行保护和建设和对旅游资源的整合等方面的建言文章。这些都起到促进领导决策的作用。其三，此书还可作为中小学生的乡土读物，有助于中小学生理解故乡、热爱故乡，从而激发其热爱天台，建设天台的动力。其四，一定程度上可作为有关部门对旅游开发的参考书和外地游客的导游书。

读罢《策杖天台山》，与乡贤高汉先生心有同感：是书必将藏诸名山，传诸后世。

《天台报》2007 年 5 月 9 日

多元视觉下的文化反思
——评高汉先生的《天台山文化丛谈》

乡贤高汉先生的有些文章,先前曾断断续续通过不同的渠道阅读过,但在系统全面地拜读新著《天台山文化丛谈》之后,我有了全新的启发、更深的感想。

一、炽热的乡情

乡情是对故乡的思念之情。著名的诗人余光中先生说过,乡情是一瓢甜甜的长江水,是一湾浅浅的海峡。在高老先生眼里,乡情是对赤城山、始丰溪的一种深深的眷恋。在高老先生笔下,故乡是美的,始丰溪是美的,赤城山是美的。题记就是"爱国始于爱乡,故乡是祖国的袖珍版",封底又是"献给亲爱的家乡",在前言中提出了"问天台山有几"的问题之后,揭开悬念:全国竟有 30 多座天台(tái)山!但接下来提出了天台(tāi)山仅此一座,字里行间,无比的自豪、热爱之情溢于言表。

光阴回溯,20 世纪 30 年代初,即高老先生的孩提时代,他的父亲领着他去赭溪与始丰溪交汇处——"沈家药店"看眼病,会诊之余,"他们漫无边际的(地)闲聊起来,我坐在凳上,看着碧水桥上那一片绿色的世界和一条通往清溪的黄泥小路,数着飞来飞去的燕子，完全是一个迷人的童话世界，从此我就爱上了那个地方，至今仍是我心中那无可替代的故乡缩影”。从他质朴的言语中，我理解了近代国学大师王国维说“一切景语皆情语”的肺腑感言，也读懂了唐代诗圣杜甫所言的“感时花溅泪，恨别鸟惊心”的真切感怀。说真的，读到这里，我真自叹自己缺少对美的发现，于是，在一个周末独自信步来到两溪交汇处坐一回，重温一下当年高老先生对故土的赤子之情。我想，一个没有真挚感情的人是无法描绘出如此迷人的美丽世界的。

在家乡旧城改造的酝酿与筹建活动中，高老先生费尽心机，不遗余力，献计献策。针对千年古街中山路将被拓宽成仿古一条街的现状，作者写下了《新年答客问，关于中山路的命运》一文，直接参与讨论，对这条古街的命运起到扭转乾坤的作用。20世纪90年代初，针对我县旅游业的大讨论，写下了《旅游业——天台经济发展的先锋》一文，就旅游业在我县的地位、作用和如何理顺管理体制提出了自己独特的见解。此外，还就城市形象问题、“十一五”规划问题、城市色彩问题、国赤景区开发问题，提出了自己独到的见解。这一切都显示出天台籍在外学者关注天台发展，迫切希望天台人民富裕、社会和谐、环境优美的愿望，同时赤子情怀跃然纸上。

二、耿直的个性

作者热爱天台、热爱天台山、热爱天台人民，但炽热的内心里，针对一些天台山文化中的历史事件，也是秉笔直书的，表现出历史学家那样的客观公正的处世态度，体现出了“大爱无疆”

的宽广胸怀。对历史人物的评价,比如对抗金名将贾涉、一代奸相贾似道的评价中,直言自己不同于常规的观点,不因为他们是天台人而为其涂脂抹粉。特别是针对贾似道《促织经》一书,提出其为苏州一带人假托贾似道而作的观点。这对于天台人而言,更是难以理解的,因为为了发展旅游,现在许多地方争夺他地的历史事件、名人逸事等各样旅游资源,忽视不辩自明的历史事实。高老先生是天台人,又是一个学者,提出许多石破天惊的观点和见解,这并非一般人所能做到的,这种不易苟同、见解独到的研究风格,需要严谨的治学态度、敏锐的洞察能力、渊博的学识,此外更需要挑战传统的莫大勇气。高老先生这种耿直的性格正是当今学者所缺失的,他秉笔直书的写作态度一直就是自司马迁以来优秀史学家所推崇的。

又如对济公的评价,常人眼里济公是无忧无虑无烦恼的,专"息人之诤,救人之死",是一个高僧。但在作者眼里,却是个内心有着刻骨之痛的凡人,因为世法与现实的尖锐矛盾,他无力解决,就成为他内心的剧痛,这种失衡的心理就外化为疯癫,痛苦愈深,疯癫愈甚,反之,疯癫愈甚,痛苦愈深,真是以疯癫掩盖绝望中的痛苦。这亦非一般耿直的个性所能提出的,所谓文如其人。

三、复杂的内心

人的思想都是复杂的,因为人情感的需要是多元的、多层次的、立体的,而不是单一的、平面的,作者也并不例外。

1986 年,天台经济发展研讨会上,作者提出天台旅游发展

“佛国仙山、田园风光”两块招牌。1989年，他又在京津联谊会上，大力宣传这两块旅游招牌，理事们也踊跃表态投资，北京那头十分火热，县政府却来了公函，说开了局长联席会议，不同意建旅游村。此后，京津联谊会再无人提及此事。但作者并没有心灰气馁，1993年又在《天台报》上与陈干联名给旅游局负责人写信，重提“田园风光”，结果石沉大海，又没有引起相关部门的重视。2000年旅游节期间天台旅客无处可住，只好东去三门、南下临海找住处，这种瓶颈已明显显示出来了，作者又撰文提到“佛国仙山，田园风光，农家小院”，建议发展农家小院，旨在推出“田园风光”。

可以说20多年来，作者也承认自己是一个失败者。这好比一个伟大的设计师在本乡本土无法实现自己的理想，就痛下决心，到异地他乡施展宏图，见证自己的人生价值。无数的天台赤子在自己的家乡屡屡碰壁，天台旅游业也因此无法改变那种单一的纯门票经济。这对于一个学者而言，其内心是十分痛苦的，可以说每提一次建议，内心就多一分痛苦与失望。作者就十分心痛地指出，事在人为，人定胜天。一个地方一些事情行得通还是行不通，“关键在于人想不想做”。

同样，对于中山路的命运，尽管经过大声疾呼，中山路整体街貌是保留了下来，但周围肆意拆建或改造成高楼大厦，已使历史文化名城的整体性、和谐性大打折扣，省级历史文化名城的美名只能是可望而不可即了，作者能不伤心吗？

在作者的心中，家乡的一草一木皆兄弟，故土的一山一水皆朋友，所以高老先生不管是描山绘水，还是颂扬人文情怀和历史文化,笔端间都饱蘸着对故土的深情厚谊。但高老先生在极力撰写文章的同时,又要把本该属于家乡的荣誉如《促织经》写成苏州一带人托贾似道所写,大学者齐召南因为没有像痛恨贾似道一样痛恨贾涉,就是“对贾涉认识仍有不足”,所谓文为心声。指点江山,激扬文字,虽符合高老先生正直的性格,但做这些时其内心也是十分痛苦的。

四、深远的意义

(一)宣传了天台,提升了天台的知名度

文中对天台山如画风景的描述,对天台山美食的描绘、人物的评论、街巷的叙述及为众多天台书籍写的序言,都是对天台山知名度的一种提升,是一种无形的广告。文中写到的甜羊肉就是一例。记得2002年天台山文化研讨会闭幕式上作者做了发言后,引起很大反响,许多学者提出了吃甜羊肉的想法,可惜根据会议安排,第二天就要走,留下了遗憾。深圳大学钱学烈教授更是希望什么时候能再到天台尝一下甜羊肉。

(二)弘扬了天台山的历史文化,丰富了天台山文化的内涵

天台山文化与天台学问题,不宜传称智𫖮为“东方黑格尔”,天台山美食“十六回切”陈皮甜羊肉引发的思考等,都是对天台山历史文化的继承,但同时又是创新大于继承。这一切都丰富了天台山文化的内涵。对于我县的中小学生而言,这又是一本生动的乡土教材。

(三)直接资政于天台四个文明建设,促进了天台经济社会的发展

文化与经济本来就是相辅相成的,关于天台旅游业、城市规划、城市面貌等问题,作者的许多观点都是切实可行的。开发石莲豆腐,希望有识之士从中看到似锦的前程。"陈皮甜羊肉,愿天台人手中的美食,不再受冷落"等传递的都是巨大的商业信息。这就是所谓的文以载道。

五、探讨的问题

任何一件事物,从不同的角度、不同的方位观察,会有不同的理解,所谓"横看成岭侧成峰,远近高低各不同"。

《贾似道是什么样人》一文中指出,贾似道因其姐受宠于理宗,才诏其赴京廷对,于是累次超擢,由籍田令这种小官当上了大常丞,裙带关系是明显摆着的。作者在讲述历史的同时却忽略了这样一个事实,就是贾似道之姐贾妃死于淳祐七年(1247),当时贾似道知江州兼江西路安抚使,只是一个地方官员。而在贾似道的政治生涯中,这仅是一个开始。在以后20多年里,贾似道官至右丞相,在度宗时又加太师、平章军国重事,成为炙手可热的人。一个不学无术的人,一个仅靠裙带关系的人,要做到这样,行吗?

作者又在《天台山文化是名山文化还是地区文化》中指出:"因此名山文化这个概念,无助于我们深入研究天台山文化是显而易见的。应该说天台山文化更像地区文化。"文化的分类

本身就很复杂，按不同类型就有完全不同的分类，山的文化是相对海的文化、城市文化而言的。名山文化是指在相对封闭环境下形成的一种独特的文化，而明显不同于大海那种开拓、创新，以及城市的名城文化。而区域文化，我们所说的天台文化、台州文化、浙江文化，本身就是硬套的组合，一个地区后面加上文化二字，这本身就不符合文化的分类，也显示不出文化本身的差异，况且台州本因天台山而得名。因此，还是名山文化较为确切。

《天台报》2008年12月17日

呼唤着理性的回归
——评赵宗彪先生的《三国笑谈》

翻开“二十四史”，我们会发现，历史上每个朝代都存在许多惊人的相似之处。

意大利历史学家克罗齐曾说：“一切真历史都是当代史。”

为什么历史会一次又一次地重演？因为支配历史背后的人性是不变的。因此，所谓的“重演”也只不过是相同的人性在不同时间和空间的复苏与还原而已。

三国时期，是我国历史上风云际会、英雄辈出、群星荟萃的时代，也是产生无数故事和传说，充满权谋和斗争的时代。这样的环境，既是充分展示个人才智的时代，更是人性充分展示、暴露的时代。

赵宗彪先生的新书《三国笑谈》就是通过对一个个历史事件的介绍，历史人物的剖析，进而分析个中人物的行为动因，挖掘支配着历史重演背后的人性。

接到赠书后，我花了一个下午的时间读完，初步的感觉是这样的：

第一，内涵丰富。尽管作者将其列为“笑谈”范畴，似乎只是茶余饭后一谈资而已。但其实，笑过之后，对人生、对社会、对历史、对文化的思索则是回味无穷的。作者对整部《三国演义》是相当熟悉的,可以说是烂熟于胸,什么人,什么事,什么性格,脉络清楚,纲举目张,信手拈来即是材料。所以,能从众所周知的三国人物中提炼出千古不变的人。

第二,趣味性强。以活蹦乱跳、亦庄亦谐、轻松自如的笔墨,将为人处世、从政经商、管理服务等道理渗透于一个个人物评价、故事介绍之中,易于为人接受。

第三,特色鲜明。人性的挖掘、理性的思考尽管是一个严肃的问题,但作者并没有板起脸来一本正经地开讲,而是以笑谈的形式来说,正如朱琦先生在序中指出的"书中各篇夹叙夹议、纵论古今,充满哲理和谐趣。颇像是一道道选取三国精料烹制而成的佳肴"。每篇文章还配以插图,好似一本连环画。

看过之后,笑过之后,很想写篇评论,因为有话要说,但又不知从何谈起,可是放下,又总感此话不讲,不吐不快。就又拿起该书,不分顺序依着混乱的思维胡乱看了一遍,也胡乱地思考了一遍。

每个人对这个世界都是有发言权的,你可以高兴,可以赞赏,可以愤怒,可以悲伤,当然也可以漠视和不屑,只要你想,对什么都可以加以评论。但是,这不是真正意义上的思想者,真正的思想者思考的是一个灵魂,突出的是一个主题。我们大多数人却只是一种无序的宣泄和排解,甚至连自己也不清楚想要表达的主题是什么。

认真阅读这本文字活泼轻松、充满作者智慧和生活历练的著作,我们能看到作者以敏锐的观察力和思辨能力,大广角地观察三国时代文化、政治、经济等多个领域，举凡官场之事、社会民生，均能信手拈来，旁征博引，深入浅出，淋漓尽致。寓教于阅读之后，把思想用文字转化为勇于承担起忧国忧民和悲天悯人责任的人文关怀者，这就是一个思想者、一个文化人的社会责任和良知。

《三国笑谈》看似只是对三国历史人物、历史现象的一个个性分析和评价，实则包含作者数十年人生阅历，是对各种各样的社会现象和人的行为的反思，是作者对政治、经济、文化、道德的反思，以及一种情感的心路历程。因此，看似轻松，其实沉重。

如在《血染的皇冠》中作者指出，太阳底下无新事，我们的历史，史前以神为本，以后是以皇帝为本、以官为本，就是没有以民为本，因此，围绕皇权的争夺是残酷的。刘家虽人丁不旺，但为了皇权，才干与年龄都比刘禅有优势的刘封被杀。刘家、曹家则更充满了血腥。这种骨肉相残，不择手段，是在家族内部，对外则打着替天行道的旗帜，实际是为了争夺资源、财富，导致更多平民的伤亡。三国初期人口 5000 多万到后期 1000 多万，背后是多少累累白骨、血海尸山。

在本书自序中，作者对鸦片战争、抗日战争等三个历史事件中国人的心态进行分析后指出，“一个民族、一个国家不懂忏悔，一味地自欺欺人就只能原地绕圈子，只能贻笑大方、贻笑后人”，从而让我们多一些反思。也许这正是作者所要呼吁的从一个个人物的剖析中反思，从一件件历史事件中反思，从一个个故事中反思。人如果不能从失败中吸取教训，要长进也难。

这中间也可以看出作者的急切心理。这也是作者所极力呼吁的——整个民族回归理性，回归反思。

作者把一件件历史事件、一个个历史人物评价得血腥而残酷，把假、恶、丑揭露得充分而全面，但忽略了对真、善、美的挖掘。实际上，三国人物中有许多是可以挖掘为真、善、美的，对于假的、恶的、丑的固然要批评，但更重要的是要弘扬真的、善的、美的。如果真的、善的、美的得到了弘扬，整个社会正气得到了扶持，远的、大的整个民族或许将是不可战胜的，因为经验和教训同样重要。可惜作者只写出了丑恶的一面。好比一个医生，指出病人的病因、病根却无法下药，好比医生只是对一个病人说“你的病很严重”，如何医治请到北京、上海。

“莫言春风芳菲尽，别有中流采芰荷”，我们期待着赵宗彪先生挖掘更多的人性光辉，照亮社会。

2008 年 10 月

天台山文化多角度解读

——读《文化的力量》

文化是什么？有人将其比作一条来自老祖宗又流向远方的河，就是说，文化通过纵向的传承和横向的传递，连绵不绝地影响和引领着人们的生存和发展。

天台山文化是什么，对天台经济社会又起着怎样的推动作用？这是很多天台人一直在思考的问题。

左溪、陈翥编著的《文化的力量——天台山文化访谈录》对此做了相当深入的思考。这是我在春节期间读的第二本书。于丹的《趣品人生》读了一半，就被这本散发着浓郁乡土气息又深入浅出的访谈录所吸引。花了两天时间，做了精读。又就前言、序言、后记做了通读。对一些没有理解的加以思考、琢磨、扩散，通过思绪的连接使之前后连贯，脑中形成一本完整的天台山文化访谈录。接着才读于丹的《趣品人生》。

文化是一种影响，是一个人的情怀，是一种力量。它虽看不见，却时刻贯穿人们生活的方方面面。南怀瑾说，一个国家领土没有了，可以夺回来，但是文化没有了，就彻底灭亡了。所以文化虽为软实力，但对一个地区的推动作用是无与伦比的。如果发挥得好，作用是润物无声、春风化雨、和风扑面的；如果发挥不好，又是杀人不见血的。历史上一些强盛民族的消亡其实就是文化的消亡。

书中所采访的这些名家，从职业看，有画家，有哲学家，有电影艺术家，也有理工科的专家、学者。从地域看，大多数是天台人，只有少数几位是外地的，还有几位是国外的。但他们都有一个共同的特点，都热爱天台，关心天台，都为天台发展做出贡献，都把天台作为自己的第二故乡，都从天台山文化中吸取营养，天台山文化给了他们思想发酵升华的母体。从年龄看，有八九十岁的老者，也有四五十岁的青年。他们从不同的角度、不同的人生经历、不同的岗位，对天台山文化做出了不同的理解，给予了不同的诠释，并且就如何使天台山文化现代化，从自己所从事的行业出发提出了不同的见解。他们的观点都是真知灼见，涉及艺术、教育、建筑、旅游等方方面面，对天台三个社会建设将起到推动促进作用，可谓关心至极。虽然由于时空上的原因，所提建议不一定切实可行，但他们的赤子情怀可见一斑。

书中所谈的文章，有些是以前在不同的地方，或《天台报》或《天台山》上看到过的，所以感到熟悉。有些作者也经常联系，如台州学院胡正武教授，多次到天台，爬开岩，访古街。去年 11 月在卧龙山庄漫谈至深夜，谈的就是天台山文化如何代表台州文化问题。他虽为临海人，对天台却十分热爱。其实，在如何为这种文化名人提供讨论的平台这点上，我们还做得远远不够。一个文化发达地区，必定也是一个发展的社会、和谐的社会，更是一个踏实的社会。

在文化大发展大繁荣的关键时期，此书的出版，其意义至少有以下几点。一是丰富了天台山文化。文化是一个不断积累、不断发展、不断升华的过程。他们的思想，从不同角度丰富了天台山文化的内涵。二是对我们今后的文化建设起到很好的参考作用。如打造“和合之城”“印象天台”都是可以着手实施的。三是对一些天台人而言，是一部爱国爱乡的教科书，是对天台山文化的多角度解读。

《天台报》2012 年 2 月 22 日

古树新枝　智惠今人

——写在清康熙《天台县志》点校本出版之际

天台县位于浙江省中东部，历史悠久，文化发达。历代前贤及广大民众，用辛勤劳动和聪明智慧谱写了天台历史上一页页华丽的篇章，使之成为极其珍贵的历史文化遗产。

国有史，邑有志。中华民族与国家久远的历史人文传统除却世代口传亲授之外，唯赖典坟文字而记载与传递。在浩如烟海的所谓“经史子集”四大部类以外，更有极为丰富的地方志书和氏族谱牒，相对真实地辑录着大至郡府小至区县的历史人文之现状与演化，比较详细地记载着当地世代望族与名人之事略行状，分述着当地山川风物与经济发展。简而言之，凡一邑之地理建制、行政沿革、地蕴物产、食货赋税、灾祥利病、人才宦迹、典礼艺文等，均有考证和记评，真可谓词约而事备，文腴而意赅。方志可防止地方人文之湮灭，再供史纂之采撷。历代以降，每个地区方志典籍的修编刊印均由政府官方主持，地方士绅学人参与，城乡有道耆老辑供资料。

历史上的各类志书既是中华民族有别于官史之外的历史传承典藏、社会人文综汇，又是多元化地域文化与民族文化传统主脉的主要成分，有着极其重要的价值。纵观历史，凡乐于文化教育、有志于史的官吏文士无不予以重视，多以志书作为宝典实录而从中稽查掌故和选择阐发。

我县有关方志性质的著作，将近半百。天台因山水奇异而著称于世，所以几乎无志不涉山水，但又各有侧重。有详人物事迹，有详文献词翰，有详教风宗义，有详民情风俗。其中能基本反映本境的，有宋嘉泰《天台图经》，明永乐《天台县志》，正德《天台县志》，万历《天台县志》，清康熙《天台县志》和民国《天台县志稿》。

人们常说“盛世修志”，此话非谬，上溯历史，凡史志之修均值国泰民安之时。此时政通人和，经济发展，财税富足，崇文宣教、重史垂范之理念沛然展现于社会各界，人文道义责任遂成官民共识。风气所引，往往延滋各地，于是乎修志之踊跃自不可待言。

奉檄修纂于康熙十一年(1672)，成书于二十二年的康熙《天台县志》共15卷，详细介绍了当时天台建制之沿革、户口之增减、人物之盛衰，是当时的一部百科全书。据史料介绍，真正起到了“治天下者以史为鉴，治郡国者以志为鉴”的作用。

然而，该志于此后三四百年间终因兵燹大焚、损毁流失、虫蛀鼠虐等，存世原版堪称珍稀，稍得遗存者亦藏诸匮室而称文物，当今之人已难得披读与赏玩。因此，精选藏珍本，爬梳补校与重印刊行自成公众之所望。

近几年以来天台经济社会全面发展，人文昌明、旅游兴盛，读书增识、存史资政之风习日见复兴，历史文化得以挖潜弘扬，地方典籍幸而出尘重光，康熙《天台县志》经天台县地方志办公室几年来多方努力，终于得以重光，犹如古树发出新枝，惠及今人。

清康熙《天台县志》点校本的出版，其意义至少有三。

一是为现实思想道德文化教育提供了一份好教材。经过历次勘校的地方史志，绝大多数史料翔实、可读性强，是本土风情、风貌、风物的重要实录。这些内容的传播与普及，可以让更多的人了解本土、热爱本土，从而激发建设本土的热情。这是一种结合实际的爱国主义和道德文化教育的好形式。随着这种带有浓郁乡土气息的传统道德文化的日益深入，广大民众受到的教育熏陶会越来越普及、越来越深刻，本地民众的个体素质和整体水平会有一个新的提高。

二是清康熙《天台县志》点校本的出版，又是一项实实在在的文化建设工程。在当前各项文化事业竞相发展的情势下，如何寻找工作的突破口，合编本的出版为大家提供了一种有益的借鉴。同时，反映于合编县志中的地方传统文化，是经过千百年历史沉淀的文化宝藏。随着史志文化的不断深化，认真挖掘、整理史料中的历史传统文化，实现古为今用、史为我用，体现地方风土的传统文化必定会更加丰富多彩，以此为基本内容的地方文化必定会出现新的繁荣与发展。这种与经济发展相伴而生的地方文化建设，必定会为今人所称道，为后人所褒扬。

三是为我县文化强县建设增添了新的因素。清康熙《天台县志》点校本，无疑是一件文化精品，其所承载的文化信息是丰富的，其所具有的价值也是多方面的。当然，其社会价值则更为丰厚，它将一种富有“存史、资政、教化”功能的珍贵文化资源，从历史的尘封中解放出来，方便于大众利用，并进而转化为推动社会前进的力量。

2013 年 4 月

第　四　辑

旅途的感悟

开卷语　美在于发现，不在于寻找

心中装着美，才能发现美

感受庐山的和谐

庐山风景，是以山水景观为依托，渗透着人文内涵的综合体。

在未到庐山之前，我对它的认识是断续的、零星的、感性的，却是深刻的。有小学时候李白《望庐山瀑布》中的“飞流直下三千尺，疑是银河落九天”，初中时苏轼的“横看成岭侧成峰，远近高低各不同”，高中时历史课本上的庐山会议。正是这种日积月累，使我对庐山的认识一步步得到升华。

在中国众多的名山中，庐山的文化积淀是相当深厚的，其开发也算是相当成功的。它把历史遗迹以独特的方式，融入有突出价值的自然美之中，形成具有极高美学价值，与中华民族精神和文化生活紧密相连的文化景观。

从景德镇到庐山有三个小时的路程，陪我们上庐山的导游小白一路上介绍个不停，使我们对整个江西的人文典故、自然景观有了较为深刻的印象，无疑增加了游兴，此行也就有了一个好心情，对当地旅游业也有了一个好的印象。旅游业就是如此，有了好山好水、好文化，还要有一批好的导游。俗话说：“好山好水全凭导游一张嘴。”导游队伍一定程度上也是一个地区旅游业发展水平的标志。相比之下，天台县的导游准入制度，从业人员的那种敬业精神就稍显逊色。

上庐山的山路上有近400个弯，道路并不见得十分宽阔，但坐在车上却并不感到累，因为庐山绿化得好，旁边林木郁郁葱葱，很有一种曲径通幽的感觉，无形之中消除了疲劳。根据规划，庐山新造的房子绿化率应在85%以上，这就保证了有一个高比例的绿化环境。而相比之下，我县虽然也是山区，但不论是"进国清"还是"上石梁"，追求的都是路的大与宽。而"上石梁"虽有了新天北线，路旁也是树木，但那些树木总给人感觉不是绿化建设出来的，而是有种稀疏、参差不齐的天然的感觉。

为了加强环境保护，实现旅游可持续发展，庐山专门出台了措施，全面禁止使用不可降解的塑料制品和含磷洗涤剂，防止白色污染。根据规定，庐山农贸市场、各景区景点、商业网点、宾馆饭店等全面禁止或销售使用一次性塑料制品。正是这种"禁白"运动，使得景区避免了一次性塑料制品等大量垃圾的产生，从而保证了景区的洁净。正是这种严格的管理，使得不论是景区还是云中山城牯岭镇，卫生都非常整洁，没有一丝纸屑烟头，也没有乱停放的车辆。

从仙人洞出来，要到含鄱口，可坐类似公交车的旅游服务车，庐山各个主要景点之间都开通了这种服务车，这样方便了游客。而我县很多景区就忽略了这一点，往往考虑的是景区内景点的设置。就像新开发的琼台景区，从上入口走到下入口出来的话马上就有公共汽车，但如果从下入口从下往上游到上入口，出来后却没有公共汽车，要步行10多公里才能到达下入口坐上公共汽车，显得很不方便。一个景点之间如此，更不用说大旅游格局。这样的交通状况无疑也是我县旅游业的一大瓶颈。

在市场经济大潮中,旅游业同其他商品一样,要有好的品牌,庐山提出的品牌是“和谐庐山”,这一点在庐山处处能感受到。相比之下,我县旅游也搞了几十年,却始终没有一个能真正打得响的品牌。

《天台报》2007年8月22日

婺源游思

去婺源完全是受媒体宣传的影响。

从上饶出发，经过一个上午的行程，终于到达婺源，这个被媒体炒得沸沸扬扬，被称为中国最美的农村、一生必须去的50个地方之一。

因为时间关系，导游带我们去参观具有代表性的李坑，这个典型的明清徽派古建筑群。

几乎和所有的古镇一样，首先是很大的停车场，很大的游客集散中心，很大的新造的古桥，很大的新造的牌坊，又是很大的新造的庙，参观完这些后，才到达真正的李坑村口。

李坑的坑在当地方言中是小溪的意思，村四周群山环抱，山清水秀，风光旖旎。村里明清古建遍布，粉墙黛瓦，参差错落。李坑便是以水见长的地方，村中有一横一直两条溪水，两溪在村中央汇集，称为“双龙戏珠”。村内街巷溪水贯通，九曲十弯，青石板路纵横交错。石、木、砖各种溪桥数十座沟通两岸。村中心有一座古旧的路亭，叫作“申明亭”，是当时村人聚集议事之地。

村中古建大多保存完好，最出名的几座如清初徽商李翼高故居、清咸丰年间奉直大夫李文进故居，以及南宋武状元李知诚故居。

婺源是值得去旅游的地方之一，但是去的时候不要抱太大的希望，抱平常心去，感觉还是很美的。但如果以中国最美的乡村这个标准去衡量，可能大失所望。用媒体作为民意的审判，肯定有失公平。这哪里有什么富有特色的文化内涵，分明是乌镇、周庄的翻版！古宅里四处是红灯笼，所有临街的门面房全都是卖纪念品的，旅行团一个接着一个，找不出一丝小桥、流水、人家的气息。就文化内涵和旅游的品位方面看，我认为是远不及浙江兰溪的诸葛八卦村，那是令我去过一次还回味无穷，很想去看第二次的地方。而婺源真正的风景，倒是在沿途就领略了，沿途那白墙、那黑瓦，倒似乎还有些原生态。

2007年6月

龙虎山行

我到过三清山，却与龙虎山擦肩而过，心中总留下那么点遗憾，这种遗憾是因为其知名度。

5 月初夏的一天，经过 7 个小时的车程，终于到达龙虎山下，却有一种似曾相识的感觉。

我爱游山，也爱玩水。我认为山缺少水就缺少了灵性，显得干涩、毫无生机，总给人以沉闷的感觉。水没有山，虽有了灵性却失去了活力。山环水绕、山水交融方是景色之极致，而龙虎山正属这山与水如水乳交融之类。

坐着竹筏在泸溪河上漂流，两岸奇峰怪石尽收眼底，竹林青翠欲滴，移步换景，宛如仙境，那山栩栩如生、惟妙惟肖，那水是纯粹的绿，绿得单纯，绿得坦率。水面十分平静，像一条散发着光芒的云锦。

这是龙虎山自然方面的美景。它的人文方面呢？

旅游分两类。一类是观光旅游，那是较为初级的，纯粹是以观看自然风光为目的。另一类是文化旅游，那是一个学习的过程，是一个放松心情的过程。现代旅游大多趋向于文化旅游。

龙虎山天师府是道教正一派的祖庭。道教有很多派别，但到明朝以后，主要分为正一道和全真道两派，正一道道士可以在家修行，不戒荤腥，可婚娶生子；全真道道士必须出家，吃素。全真道又分为南宗和北宗，我们天台山桐柏宫就是南宗祖庭，张伯端就是创始人。

有着这么深厚的文化底蕴，却找不出一点文化旅游的感觉。首先是道观的建筑十分现代化，里面还有大大的农家乐馆及广告牌，四个正襟危坐的道士也十分商业化了，不停地劝游客烧香，不过香客并不多，显得十分冷清，这与其在道教上的地位是极不相称的。

正因为此，我认为龙虎山的旅游开发尚处于初级阶段，还是观光旅游，还没有把游客带进学习文化、陶冶情操的文化氛围中，所以感觉收获并不大。因为学到的并不多，除了观赏奇岩怪石之外，别无印象，所以这个地方我是不会去第二次的。

龙虎山与天台山有许多相似的地方，都是山清水秀的，都有深厚的道教文化，都靠近上海。但又不是十分地相似，不同之处在于，我们天台的水是绕城的，没有很好地开发利用，而龙虎山的水是绕山的，可以说是做足了文章。我们天台山除了是道教南宗祖庭外，还是佛教天台宗祖庭，是“佛宗道源”。龙虎山的宗教文化没有开发好，天台山的宗教文化在近几年发展得较好。所以从适合现代旅游的角度看，天台山的前景应远胜于龙虎山。

这就是此次龙虎山行的几点感想。

《天台报》2007年7月4日

游临海“紫阳故里”之感想

临海的紫阳街，对于我来说，既是熟悉的，又是陌生的。说熟悉，因为它就在原台州师专校门口，以前在台州师专历史系求学时可说是天天经过。说陌生，因为那时并不叫紫阳街，而叫解放街。紫阳街是1998年临海市委、市政府为了纪念道教南宗创始人张伯端而改的。

我是1997年毕业后离开台州师专回天台的。后来，也曾好几次路过那里，都是匆匆走过一段，根本没有走完全程，因为心中总是充满着不屑，认为这是假古董，假的永远也代替不了真的。

2005年“江南长城节”时，紫阳街整修完成，重新开街，以后我再也没到过。

今年国庆期间，有机会得以重走整修完工后的紫阳街，我再也没有像以前几次一样，中途而返，而是同几个朋友一道，边走边看，走完了还意犹未尽，很受启发。首先感到惊讶，继则叹惜，接下来则是痛心。

惊讶的是紫阳街整修完工前后的变化之大与游人之多。步入完工后的紫阳街，就会沉浸在古色古香的气氛里，四五米宽的街道，两旁是鳞次栉比的木结构房屋，雕梁画栋绘制着巧夺天工的金龙玉凤等图案，幽暗的漆色似乎在印证着悠久的历史，尽管其实历史并不长。更惊讶于街区内公共绿地、游廊、公厕配套齐全，到古街旅游的人很多。国庆节期间有旅行社带队的，也有三五成群一家子拿着相机拍个不停的。一切都显得和谐有序。因为到古街旅游的人多起来了，所以古街恢复了本身的商业服务、消费功能。一批旅游产业、特色商品及风味小吃、休闲服务开始进驻，使古街呈现热闹的、忙碌的商业气氛。临海就有一句广告语："游紫阳古街，揽千年府城。"

惊讶之余更感惋惜，紫阳即道教南宗创始人张伯端，天台人，仅在临海做过府史。而今天紫阳街最北端的"紫阳故里"四个大字，是北京图书馆馆长、著名哲学家任继愈老先生书写的，这是张伯端是临海人很有说服力的一个证据。而在街上关于张伯端的故事、典故则比比皆是，这是实物的佐证。今天我们尚可以举出许多论据说明他是天台人，百年、千年以后呢？或许张伯端就真的变成了临海人而不是天台人了。可喜的是我们平桥东林张家塘已有了"紫阳真人故居"，只是规模、档次、名气都远没有临海的大，人气就更不用说了。

其实，临海近几年来在保护传统文化方面一直很有力度，紫阳街修复仅是一个例子。从 20 世纪 90 年代初市政府东移后，旧城区是严格控制高楼的。台州医院前面的孔庙可以说是寸土寸金的地方，就是拍卖后临海市政府从开发商手中转买过来的，现在对外开放，人气很旺。

相比之下，我们天台县行政中心西移后，老城区高楼不断涌现；虽然也修复了孔庙，但一直没有很好利用；也修复了中山西路古街，但其商业价值根本没有体现。

也许，这就是差距，思想上的、意识上的，进而影响旅游收入，影响地方经济发展水平。

《天台报》2007 年 11 月 7 日

品味苏州的文化

去年5月份，我随文化软实力建设考察团第一次到达苏州。回来后，感觉总有些什么东西坚韧地、执着地，又是势头汹涌地扑面而来。仔细分析，那是因为受苏州厚重的历史文化所影响和吸引，这种影响魂牵梦萦地牵引着我，使我很想再回苏州，再细细品味一下苏州的历史文化。

今年7月，我第二次到达苏州时，终于圆了这个梦，也再次被她的历史文化所吸引、所陶醉。

7月1日下午我们游览了千年古镇同里。

和所有的古镇差不多，都是小桥、流水、古建筑，但同里古镇又有其不同之处，就是三者的结合点不同于乌镇，也不同于南浔。那些地方虽然也有小桥、流水、人家，但那里的水是粗线条的，而这里不仅有粗线条的，更有细化的。好比一个人，那乌镇、南浔的水仅是作为人的筋络，而同里的水触及古民居的角角落落，园林的方方面面，好比既有动脉，还有静脉。因此，同里的水看起来更显婉约，更多几分细腻，也较乌镇、南浔多了几分生机。

相比较之下，我县中山路始建于三国时期天台立县之时，比建之于宋代的同里古镇历史要早800多年，也有保存完好的明清古建筑群，因为没有很好开发，历史文化名城的价值根本没有体现。

晚上，我们被安排住在古城区，再一次领略了首批国家级历史文化名城的风采。

那建筑古朴、典雅，总是白墙、黑瓦，透着传统味的飞檐、翅角。大到名寺名园，小到餐馆茶座，总是渗透着儒家的气息，四处是雅联、雅字。

整个苏州的城市色彩是灰色的，却没有给人丝毫的伤感，这种不事张扬的色彩和随处以蓝天为背景的低矮建筑，正印证着苏州人特有的气质，迎合着苏州人平和的心态。

用各种材料、各种花样铺就的地面，总是一尘不染，整个儿看不到一点滴的尘土。在这样的环境下，如果你往地上投一纸团，便如在白绢上甩一滴墨，心中便会生出那种亵渎神圣的感觉来。于是，便会自觉地将纸团在手里捏好了，找到那很有特色、很有文化气息的垃圾桶放进去。

漫步在苏州的街头，尽管车水马龙，却找不到拥挤的感觉，因为其井然的秩序。整个城市显示出秩序，显示出规矩。车辆照秩序开停，行人照规矩走路。城市的改造也不破坏古旧，那新的、高的楼房也在不断地拔地而起，但都在城市的两翼。在老城区也可以造新房子，但高度、色彩等都是严格控制的。这就很好地维持和保护了传统风貌。

第二天上午，我们游览了虎丘，这个被苏轼称为“到苏州不游虎丘乃憾事也”的吴中第一山。山虽不高，却不乏阳刚之气，再加之吴王阖闾墓的传说，就多了几分厚重的历史感。

苏州的文化是值得品味的，因为品味文化让人高尚，让人安适，让人大气，让人有素质、有修养、有内涵。而苏州人那种对本地文化资源的开发、利用和对历史文化名城的保护热情更值得天台人借鉴，因为当今社会，一个地区的发展程度，很大程度上取决于其对地方历史文化资源的挖掘和开发利用程度。

《天台报》2007年9月5日

二读万马渡

万马渡景区包括天姥山和万马渡。天姥山为道家第十六福地，其中天姥岩更因大诗人李白的千古名篇《梦游天姥吟留别》而闻名，是一座充满文化色彩的名山。万马渡则是因无数巨石在河床堆叠，大水期间，巨石半淹半露，时隐时现，似成万马奔腾竞渡而得名，更多的是自然景观。

1999年深秋的一天，我曾和天台诗歌学会的同志一道游览了万马渡，除了在当地热心村民带领下远远地遥望了一下天姥岩，并沿河床在天台与新昌交界的田埂上拍了一张照外，其余的印象只有颠簸不平的公路，近一个小时的行走，以及荒凉的秋景，此外再也引不起我太多的记忆。

时隔10年后，今年初夏的一天，我又一次走进了万马渡。

首先令我惊奇的是原先车停下后走半个多小时才能到达的万马渡景区所在村——万年办事处毛里湾村，现在车子已经能直达，并且都是康庄大道。交通的大大改善十分利于景区的开发。第一次来时，车子陷在稻田里，费了很大的劲才推了出来。

从毛里湾村出发，我们一边摘着角公（学名覆盆子），一边沿河床而下。不知不觉中，已经掉队。在一三岔路口，我陷入沉思，沿河床而下，就是万马渡，这是条十年前走过的崎岖小道，另外一边，则是天姥岩方向，路则更不好走。

经过短暂的思想斗争，我们决定朝天姥岩方向进发。

虽然有路不好走的思想准备，但确实走得比想象中还要艰难。也许起先还有路的影子，因为旁边还有农田，但接下来就不是路，而是杂草和荆棘了。几次想回头走，但那种好奇，那种求知，那种猎奇心理，促我继续前进。宋代大文学家王安石曾说：“世之奇伟、瑰怪、非常之观，常在于险远，而人之所罕至焉。”来了一次，就应有新的收获。

经过近半个小时的上蹿下跳，连滚带爬，左右开弓，手脚并用，终于到达天姥岩下。

天姥岩是由三块岩石组成的，远看类似一个富态的妇人。诗仙李白的长诗《梦游天姥吟留别》给人带来无限的遐思，其笔下的天姥岩到底在哪里，也成了一个难解之谜。自 1998 年夏于天台重新发现后，立即引起了新闻媒体和文化界的广泛关注，中央台和浙江台曾多次做过介绍。游人亦纷至沓来，一时之间，形成了一大热点。

历史有时就是这样偶然，出人意料，让人捉摸不定，大诗人李白笔下的天姥，一直默默无闻安静了千余年，因为几个旅游爱好者的探奇，因为一篇报道，一下子就改变了命运。考古的、探奇的、搞文化的、搞文学的、搞旅游的纷至沓来，由门可罗雀马上变成门庭若市。人生也是这样无常，也许是别人不经意的一句话，一个动作，或许就能改变一个人的命运，身世浮沉，人生无常。或许以平常心，干平常事，做平常人，才是最重要的。

身处枯井波澜不起，看山是山、看水是水，才是人生的真谛。帝王将相并不见得就很幸福，而贩夫走卒可能过得很充实。

天姥岩重新发现后，新昌就出了天姥岩在新昌境内的报道，组织人员召开研讨会，发表文章，去年还走进了中央台《欢乐中国行》节目。其实这是普遍的争夺旅游资源现象的一个缩影，而我县面临着四面分割的状况，同临海的日本天台宗祖庭之争、紫阳故里之争，同温岭的第一部植物学辞典《全芳备祖》作者陈景沂之争，都是为了抢夺旅游资源而展开的争夺。争归争，当前的当务之急是如何做大、做强、做精、做活现有资源，使之能最大程度地发挥价值，进而促进旅游业的发展，否则，即使争回来，又有何促进意义呢？如果我们对现有资源不好好开发利用，就会一步步被蚕食。也许，几十年以后，我们同宁海又会有五四运动先驱陈苌民故居之争呢。

就该景区而言，可以作为北线万年景区的一个延伸，可以开发成“琼台—万年—万马渡—龙穿峡”这样一个环线。因为万年寺在日本有重要地位，琼台桐柏则为道教南宗祖庭，万马渡又是自然与人文完美结合之处，因此可作为一个环线开发，形成一个行程两天的西线旅游圈。

天姥岩倚崖而立，面向万马渡，似一个安详的老妇默默欣赏着这片美景。其脚下，应该是一个观景的佳处，那淙淙的溪水、千奇百怪的石头、形态各异的巨岩，那丛林掩映中的小屋，这一切都尽收眼底，美不胜收。

下面的大队人马已等不及了，我匆忙下山寻找 10 年前拍照的田埂，试图寻回一些当年的记忆。无奈再也没有找到，而新昌报国小学立的"请爱护环境"广告牌倒显得十分醒目。

再往下百来米就到了新昌雪家坑村,一个只有三十来户人家的小村。

穿过这个小山村,车子已在溪边等我们。那边的路比我们天台这边要差得多,连路面的硬化都没有达到。

二进万马渡,收获了许多:锻炼了身体,欣赏了美景,这是初级的。同时,愉悦了心情,陶冶了情操,感悟了人生,这才是最重要的。而后者,需要一颗淡定、从容的心。

《天台报》2009 年 5 月 20 日

感悟南浔文化

学历史的人对古城、古镇总是怀有特殊的情结。大学的很多时光，就是在临海的古长城和古街、古弄中度过的。

工作以后，因为几次参加历史文化名城的调研工作，对古城，在喜欢的同时，更多了几分挑剔。大理太过造作；丽江的开发虽完美，但太过商业化；平遥的又有沉闷之感；同里、西递开发得太过俗气；乌镇虽较为成功，但从文化传递的角度看，太过做作。看得多了，总以为所谓古城、古镇只是打着复古的旗帜，利用人们的好奇心理来吸引游客，达到发展旅游、振兴经济之目的。因此，有好几次与南浔擦肩而过时，心中虽有那么点遗憾，但马上就被不屑所取代。

南浔，应该是一个富有灵气的地方，因为浔为水边，依水的事物。这是我依稀的、梦里模糊的南浔。

烟花烂漫的三月，经过两个小时的车程，我们来到了这个"以财富闻名，以诗书留名"的江南古镇。

下得车来，就感到疑惑。这就是梦里的中国十大魅力名镇、中国历史文化名镇么？除了停车场对面一角粉墙黛瓦，这种徽派建筑还稍带古的意蕴外，看不出什么古城的意蕴。如今的古城名镇都怎么了，我在心里想。

穿过一条主街道，就进入了所谓的景区。最先映入眼帘的是满街的木业广告和大大小小的板材店面、货物，一派热闹景象，显示出商业气息十分浓烈。再往里走，依然是满目的商家店铺，这就使得这个古镇看上去像个小城。虽然较为热闹，生意也挺红火，但总感觉文化的东西似乎少了点，于是由疑惑转为了失望。由此产生了进一步的联想，如今的古城、古镇怎么都开发得如此俗气？

正在失望间，一块国家级重点文物保护单位的石牌映入了我的眼帘，导游也着重开始介绍了起来，也就是我们游览的第一个景点——张石铭旧宅。张石铭旧宅为江南巨富张颂贤之孙建的一所大宅院，是江南罕见的基本保持明清历史旧貌的豪门巨宅之一，是一座中西合璧式楼群的经典建筑。根据导游介绍，张石铭还是西泠印社的主要创始者之一。这里少有老屋长廊、深街古巷，其风格之独特、结构之恢宏、工艺之精湛、建筑之精华、设计之技巧，彰显着主人富可敌国的财富和超前的文化眼光。

从张石铭旧宅出来，移步换景，依水而行，来到了南浔的标志性景点——小莲庄。

小莲庄为晚清南浔首富，清光禄大夫刘墉的私家园林及家庙所在地，是江南园林的佳作，前后费时 40 年建成。因主人仰慕元代湖州籍大书法家赵孟頫的“莲花庄”而取名，是一座别具一格的私家园林建筑，也是全国重点文物保护单位。

嘉业堂和小莲庄隔溪相望，有小桥相连，是与宁波天一阁齐名的驰名中外的藏书楼。楼映在园中，楼外有园，园中有池，楼为一座回廊式的两层建筑物，由7间两进和左右厢房组成，共有书库52间，中间有大天井。主人从小唯一嗜好就是读书、买书、校书、写书、藏书，其中有可称“海内秘籍”的孤本62种，足见其在文化传承中的巨大贡献。

人类文明史上，文化的传承只有两种，书面的和实物的。书面的，前人通过整理总结，形成书籍，后人通过学习、看书获取前人知识，如此一代代相传，文化一代代相承。实物的，如万里长城，告诉后人怎样的一段历史，一些古城古镇也是人类文明实物传承的一种方式。而南浔真是这两者的完美结合。因为有了嘉业楼，南浔相比于其他古城，更多了一份厚重与成熟，淡定与安详。这样的地方难免让人留恋。

置身于这样风景优美，又富有文化味的建筑中，身心都是一种享受。心也自然就静了下来，安了下来。在这个浮躁、喧嚣的社会里，何处是家？佛教认为心安即家。我是唯物主义者，但我认为一个人的精神家园，不在大小，而在有无。一个人因为有了精神家园，就有了梦想，有了希望，有了追求，就会为之而努力。而这一切都需要一颗安静的心。此时，我才真正发现南浔不仅有文化，而且有着独特的文化，是一种颇具前瞻性的文化，是一种融入经济中的文化。它的青灰色，正是历史的颜色，厚重而质朴。从嘉业楼出来，原路返回，就结束了行程，我则又感到有那么些遗憾。这种遗憾来自于时间太过匆忙，而来不及细品。于是，同道们正在乐此不疲地购物时，我又到刚进入景区时那条主街道逛了一逛，对遍布于城区的水系又做了一些细致的观察。发觉南浔的美不是一般的美，她有特别之处。

水、桥、街完美结合。如织的河流好比流淌着的血液，河水虽然不清，但不肮脏，因为是流动着的。拱起的石桥好比骨骼，倒映在水中，形成一轮满月。古街除了购物的几处喧嚣之外，显得很安静、很沉稳。能听到的只有导游的介绍声。

文化搭台、经济唱戏，往往是许多古城开发的目标，结果许多地方因为过分注重经济唱戏，而忽略了文化这个台，导致大面积开发，结果文化也是“被文化”了。南浔则不，她的张石铭旧宅、嘉业堂等景点，保存着原始的那份纯真，没有因为经济“被文化”了，而是把文化作为一个因子植入了人们的基因中，这样的文化对一个地区的发展所起的作用是润物无声的。这是一个地区一直保持可持续发展的动力所在，也是我们古城保护开发中可供借鉴的地方，这也许正是此次旅游的收获所在。

古镇上那相互搀扶的老翁老太，那缓缓行走的细声细语的中年男子，那门口一张小桌、边喝茶边聊天的年轻人，以及购物处那叫卖声、高挂着的蹄髈，流淌着的水，干净的街面……这一切都在我的脑中久久没有逝去。

《天台报》2010 年 4 月 21 日

第　五　辑

历史的感悟

郑虔第一次流放地点之探讨

笔者探讨郑虔第一次流放地点问题，甚觉有一定难度。郑虔生于685年，距今(1995)整整1310年。而郑虔生前命运坎坷，屡遭挫折，在京城为官，最得意之时，究其官品，也不过五品，贬到台州时更只是个司户小吏。而中国人几千年来一直存在着“人微言轻”的思维定式，再加上郑虔虽有唐玄宗亲题“郑虔三绝”的宠遇，但最终还是因“安史之乱”而被流放。尽管其确为冤枉，但在一般史家眼里，总是所谓乱臣，因而很少被提及，故唐代史料均记之较简或无记载。此其一。关于他的第一次流放问题，流传下来的不多的史料也是说法不一，互有差异。郑第一次流放时的官职，《唐朝名画录》叙为“广文馆学士”，宋《太平广记》载为“广文馆博士”。关于贬谪年限也是说法不一。《封氏闻见记》云“十余年”，《新唐书》云“十年”。而各家史书在提及这个问题时，均只是寥寥几笔，或曰“坐逾十年”，或曰“十余年”，而对其流放地点则均无论及。此其二。郑虔由于“与世多违”致使其才能屡遭压抑，受埋没，诚如陈尚君教授所言，所谓“天不佑人，历史无情”。而今天我们怀念他，是因为他是“吾台斯文之祖”(方孝孺《郑氏宗谱序》)，但毕竟其所处时代距今已有1300多年的时间跨度，其中史料或散失，或以讹传讹而难以考证。而研究郑虔第一次流放地点，对于扩大郑虔研究领域，了解郑虔备受挫折的一生，有着极为重要的意义。因而笔者立意浅陋，欲试从其少数遗作和其故友杜甫诗入手做些探讨，抛砖之举，意在引玉，以待指正。

关于郑虔第一次流放地点问题，至今仍是一项空白。考诸史料，大致有以下几种：一曰郴州，根据是刘长卿有诗《逢郴州使，因寄郑协律》。此论能否成立，主要问题在于此郑协律是否即为郑虔。二曰“西域”，因杜甫有诗“药纂西极名”（《八哀诗》）。如果我们仅从字面上去理解，或仅仅考虑到这一句而忽略了与下一句间的联系，确实可能由此而推出贬斥地应为西域的结论。但下一句“兵流指诸掌”（杜甫《八哀诗》），实是对《天宝军防录》一书的赞许。这样，上一句指一种药的产地、来源等，而下句骤然转至对另一本书的赞许，这显然不符合杜诗通俗易懂、明白晓畅的现实主义风格。对于这个问题，笔者认为《杜诗镜铨》里的解释较为合理。《杜诗镜铨》是这样解释的：“此言郑虔所著两书，为神农、黄药所不逮也。”（《杜诗镜铨》）但其没有涉及流放地点问题。再者杜诗原注也仅指出：“公著《荟蕞》等书之外，又注《胡本草》七卷。”这样，上句指医药书，下句指兵书，借此说明其才能的广与博而已，并不是指药的产地。因而由“药纂西极名”之句推出流放地为西域尚缺足够依据。

笔者认为，郑虔第一次流放地应为岭南，理由如下。

一为杜甫的诗。杜甫有诗云：“山鬼独一脚，蝮蛇长如树。”（《有怀台州郑十八司户》）这是杜甫怀念郑虔第二次流放在台州时所作。一般认为这两句形容的是台州的荒芜，杜甫担心郑虔不能适应这种生活。但笔者认为另外一种解释更有道理。《述异记》云:“山鬼,岭南所在有之,独足反踵。”《汉书·严助传》云:“越地林中多蝮蛇猛兽。”而台州在古代就为越族居住地,因此后一句中的蝮蛇应是确指,说明郑虔当时所处的环境恶劣,而不是同上一句一起喻指古代台州的荒芜。由此而推上一句,“山鬼独一脚”也应指郑虔生活的岭南一带。这里由山鬼而至蝮蛇,正是由第一次流放地而写至第二次流放地。杜甫仅用这两句即对郑虔两次受贬做了高度概括,寄以深切的同情,同时也是对郑虔人生坎坷遭遇的不平和愤慨,更是对当时情况下郑虔能否适应“蝮蛇长如树”恶劣环境的担心,以至于表达一种强烈的怀念之情。下面几句“夫子稽阮流,更被时俗恶”,更是对其的高度评价,对世人不满、愤慨之情溢于言表。

二为《荟蕞》这部书的有关内容。《荟蕞》一书是郑虔第一次流放后回来时所写。据王晚霞《郑虔年谱》,《荟蕞》为天宝十二年(754),郑虔追忆旧文,完成40余篇,请苏源明定名而作。《荟蕞》原文散佚难找,《北户录》收集了《荟蕞》的部分内容。而据《北户录》记载:“载岭南风土,颇为赅博,而于物产为尤详,其征引亦极博洽。”《四库全书》故所引《荟蕞》也大体同样。写出这样的博物书,没有亲身经历闻见是很难的。而郑虔在其一生中,除此段时间可能到达过岭南外,均无到达之可能。又唐时有《岭南急要方》二卷,说明在当时情况下,岭南为多生急病的荒僻之地。而郑虔进入此地并且生活了十余年,流放回来后有所感触、启发而动手写《荟蕞》,也是完全顺乎逻辑的。又岭南有“蕹、胡蔓草……”(稽含《南方草木状》)等物,这些在《荟蕞》

中均有记载。

三为刘长卿的诗。刘长卿有诗《逢郴州使因寄郑协律》，若此郑协律即为郑虔，则其外贬地应为岭南。但关键是难以确定此郑协律即为郑虔。笔者认为从其中某一方面考虑，固然难以确定，但从诗题、内容及表达的意境各个方面综合考虑，可判定此郑协律即为郑虔。第一，刘长卿有诗《送李侍御贬郴州》《逢郴州使，因寄郑协律》《洞庭驿逢郴州使还寄李汤司马》。这虽不能确定此郑协律为郑虔，但可以确定郴州在唐时多为朝廷官员贬谪之地，因此郑虔贬郴州也是有可能的。并且刘长卿称别人也多以官职称之，如李侍御、李汤司马等。第二，再从诗作内容看。开头一句"更落淮南叶，难为江上心"，不正有一种对郑协律遭遇的不平之感吗？而郑虔第一次流放时正为"集缀当世事"，这不正合乎刘长卿"刚而多犯"（高仲武《中兴间气集》）的性格吗？同时也可见郑协律为贬谪之人。再接下去"朝思楚天外，梦寐楚猿吟"，郑虔在河南早就"荥阳冠众儒"了，此时小郑虔 24 岁的刘长卿正在嵩阳求学，对于像郑虔这样的前辈，可以说是恨无缘相识，因而"相思楚天外"。最后的"欲逐孤帆去，茫茫何处寻"，不正写出此郑协律今后茫茫的前途吗？由一点小事而遭流放，不也正写出刘长卿对郑协律遭遇的不平之感吗？第三，郴州。《新唐书・地理志》云："桂阳郡有八县：郴州、义章、平阳、资兴、高宁、义昌、临武、蓝山。"考其地理，亦在今天的岭南（骑田岭之南）。因而从行政区划上讲可以是郴州，但从大的地理区域而言，可以称之为岭南。这不就与前文的杜诗"山鬼独一脚"的"山鬼，岭南所在有之"一致了吗？

以上几点，任何一点都难以确定郑虔第一次流放地点，但把三点联系起来考虑而成为一个整体，就可以确定其贬地应为岭南。总之，笔者认为，郑虔第一次流放地应该为岭南。

《台州师专学报》1996年第3期

（本文为作者第一篇学术论文。郑虔为台州文教之祖，郑广文祠为省级文物保护单位）

评鄂州之围中的贾似道

1259年12月，贾似道以“割江为界，且岁奉银二十万两，绢二十万匹”为条件，解鄂川之围。从此也开始了受谴责、遭唾骂的历史。“贾似道因无实际才能，在军中日子很不好过”，便“不顾国家和民族利益，偷偷地赴蒙古军求和”，以实现“投降阴谋”（高敏《奸臣传》）；贾似道“擅权误国”（张传玺《中国古代史纲》）；“忽必烈要北撤时，贾似道竟擅自至蒙古军乞和”（蔡美彪《中国通史》第五册）。著名历史学家蔡美彪这一描绘，似乎是说贾似道在毫无必要的情况下，主动地将领土、岁币送予蒙古，以投其所好。如此，一个投降派、卖国奸臣的形象就跃然纸上，他因而也落得个千秋骂名。

笔者在阅读贾似道的一些基本史料后，觉得这个看似定论的历史评价，其实值得探讨。因为它涉及这样一个基本问题：在民族和战这个问题上，是否求和就意味着卖国？究竟该从义理出发，还是从时势出发，评价这个民族战争中经常出现的问题呢？

蒙宋战争始于窝阔台汗时，止于1279年元灭宋而统一全国。其间共可分为四个阶段。第一阶段为1234年至1241年，此为窝阔台汗之征南宋之际，其从东起淮河，西到四川几千里的战线上全面展开进攻。第二阶段为1241年窝阔台汗死至1251年蒙哥汗立，是蒙宋对峙时期。在此期间虽无大规模战争，但小型的骚扰性战争从未间断。第三阶段为1251年蒙哥汗立，即开始全面侵宋时期，直至1259年蒙哥汗战死于钓鱼城，再以后就是忽必烈的灭宋战争。蒙宋战争中蒙古自始至终处于“主动进攻”态势，南宋则一直是“消极防御”状态。

窝阔台汗之侵略南宋，主要是“以掳掠奴隶、财物为目标，还没有全部消灭南宋的计划”(蔡美彪《中国通史》第五册)。这可以从下面事例中看出：蒙古军长驱直入四川后，窝阔台汗之次子阔端在掳掠财物后即返回陕西。江淮方面，1253年蒙古军侵入郢州，掳去人口和牛马数万后也退走。

1241年窝阔台汗崩后，蒙宋有过十年对峙期。1251年蒙哥汗立。蒙哥一继位，就开始为大规模南侵做准备，实施全面灭宋之计划。

蒙哥汗吸取窝阔台汗主观上自东至西数千里战线全面进攻，导致战线太长、兵力分散，没有形成重点拳头以突破，客观上又难以突破长江防线的教训，同时，又依据宋军坚守四川、襄阳、鄂州，以水渠河沟掩护两淮之防御措施，及江淮地区蒙古骑兵难以发挥优势之敌我状况，采取了“绕道西南，攻其腹背”(《中国古代战争战例选编》)的战略总方针，使南宋处于前后夹击、腹背受敌的困境。

蒙哥汗具体做了如下部署：第一，命令忽必烈“管理漠南汉地军国庶事”(宋濂、王祎等《元史》卷四《世祖记》一)，以作为侵宋时的后方基地。第二，命察汗、塔塔尔统率两淮、四川的蒙汗军，进行征战训练，以提高军队素质。第三，在江淮地区进行屯田。第四，向两淮、襄阳各要点上派兵，“列障守之”（毕沅《续资治通鉴》卷一百七十三）。第五，在四川一些地区筑城，并采取“宜耕宜守”的办法。第六，重用汉人降将，让他们独当一面，作为攻城的前锋和主力。第七，命忽必烈远征川滇，经过吐蕃，进攻大理（今云南一带），入交趾（今越南），然后回师云南，使南宋处于“南北夹攻、上下分哨、咽喉中梗境地”（罗旺扎布《蒙古族古代战争史》）。

以上准备就绪后，1258年蒙哥汗亲率大军南下，实施灭宋之计划。

蒙古军侵宋主要分四路进攻，西路军为主力，由蒙哥汗亲自率领，攻四川，出夔门，沿长江而下。中路军由忽必烈率领，攻占鄂州，与中路军、西路军会师鄂州，然后乘江而下，直捣临安。东路军由宋降将李璮进攻海州，目的是牵制江淮宋军，使之无力西援，而使几路军达到胜利会师鄂州之目的。

全面进攻南宋后，蒙古军节节推进，除西路军最后因蒙哥汗崩而受挫外，各条战线都步步紧逼。下面我们来看战事的状况。

四川方面：蒙哥入蜀后，首先战败四川骁将刘整，长驱而入成都。纽璘等破灵泉山，进围灵顿山城。城中食尽，杀主以降。在降将张威率领下，蒙古军沿沱江南下，攻占叙州。又沿江而下，突破重庆上游最后一关——泸州神臂城。地势险要，三面绝崖，只留一面防守的苦竹隘也被蒙古军攻破。龙州、降州、雅州等地先后被攻占。再加上蒙古原先据有的川北、川西州县在内,“川蜀之地,三分之二归于蒙古”(罗旺扎布《蒙古族古代战争史》)。1259 年正月,蒙哥围攻钓鱼城,受挫。7 月,蒙哥汗崩,西路大军停止进攻,四川方面会战结束。

京湖方向:忽必烈于 1259 年 9 月在阳逻堡大败宋军,渡过长江,围攻鄂州。11 月进围鄂州城下。一面派部分兵力占临江、瑞州和兵州,以防止宋援军的到来,一面激烈攻城。

兀良合台的南路军:忽必烈围攻鄂州城时,兀良合台的南路军也胜交趾,趋内地。以阿术为骑兵,大败宋军。乘胜战突、象二州,又北进连破长源,直抵潭州,并且包围之。形势的发展已极不利于南宋——中路军与南路军若会师鄂州,则蒙古军之战略已收成效,接下来就是沿江而下直捣临安而灭亡南宋了。至于两淮方面战况,李璮东路军于 1258 年战胜夏贵,攻破海州、涟水两城。1259 年 9 月中路军围攻鄂州时,东路军也同时发动攻势,以牵制两淮军。

从以上战况来看,除西线受挫外,另外几条战线,蒙古军都取得节节胜利,层层推进,步步进逼,逐步实现了既定的战略计划。此时,南宋当然十分惊慌,于 1259 年以贾似道为右丞相兼枢密使援鄂。1259 年 12 月,忽必烈“以和议退”,鄂州之围解。

分析了战况,再来分析一下贾似道为何要派遣宋京去蒙古军营议和的问题。

应该说,蒙宋战争一开始,南宋政权就处于被动挨打、岌岌可危的境地。1259 年 7 月,随着蒙哥汗的去世,四川局势虽然得以缓和,但京湖地区的局势依然非常严峻。南宋的“精兵健马”几乎全部集中到了鄂州,才使鄂州得以不破,可是经过几个月的战斗，城中宋军伤亡惨重，城墙屡次被蒙古军攻破，士兵死伤多达13000余人。更使宋廷担心的是，从云南北上的蒙古军，已进抵潭州城下，距离兵力空虚的江西、湖北只有数百里。蒙古军如果向东进入江西，一旦控制长江口岸，便可顺流进入两浙，直接威胁到国都临安的安全；蒙古军如果北上进入湖北，便将逼近鄂州，使守城宋军处于更加不利的境地。故在"东南之危如一发引千钧"的形势下，通过议和，尽快促使蒙古军退兵也是一个可行之策。这时候，南宋与蒙古议和不仅有必要性，也存在着可能性，因为蒙哥汗一死，蒙古军军心动摇，这使一直气焰十分嚣张的蒙古军，有可能同意接受，因此，贾似道于此时派遣宋京前去求和的做法，无可厚非。

再来考察这次宋蒙议和的经过。开庆元年(1259)冬，包围鄂州的蒙古军也遇到了很大困难，加上宋军"尽集"于鄂州，而蒙古"国内空虚"，已无力增兵，因而忽必烈身旁的谋臣都力劝他退兵。正当此时，忽必烈妻自开平派人来密报阿里不哥在漠北图谋继承汗位的消息，"请速还"。于是忽必烈开始做退兵的准备。十一月初八，为不使蒙古军在退兵时遭到南宋军队的袭击，忽必烈制造假象，声言"去临安"，离开了牛头山驻地。闰十一月初二，忽必烈移驻江边，向诸将传达命令：再过六天，围城军队将撤至浒黄州(在今武昌北长江对岸的白浒镇)。就在蒙古军即将北撤的当天，贾似道派宋京到忽必烈军中求和。南宋方面提出的要求可谓正中忽必烈下怀，他立即遣赵璧往鄂州谈判。临行前，忽必烈嘱咐他："汝登城，必谨视吾旗，旗动，速归可也。"赵璧登城传达忽必烈的话说："汝以生灵之故来请和好，其意甚善,然我奉命南征,岂能中止。果有事大之心,当请于朝。”由于当时贾似道已移师黄州,所以赵璧问:“贾制置今焉在耶?”议和间,赵璧看到蒙古军已经开拔北返,便丢下“俟他日复议之”一语,匆匆出城,随军北返。

应该讲,此时忽必烈本应“被迫北撤”:“忽必烈得讯蒙古诸王在漠北策划谋立阿里不哥,急速撤兵。”(范文澜《中国通史》卷五)“忽必烈为了争夺汗位,同时在军事上也陷入困境,便借着贾似道求和之机暂且罢兵。”(郭沫若《中国史稿》卷五)贾似道在忽必烈将撤兵时,主动送土地、银、绢,几乎成为一般史学家的共识。

其实从当时的情况分析,若贾似道不主动乞和,忽必烈不可能主动撤兵。原因如下:

其一,忽必烈之谋划南宋由来已久。早在蒙哥汗刚立之时,姚枢就向忽必烈进言“今土地、人民、财富,皆在汉地,王若尽有之,则天子何为?后必有间之者矣。不若但持兵权,凡事付之有司,则势顺理安”(陈邦瞻《宋史纪事本末》卷九十九、卷一百),忽必烈从之。由此观之,征服汉族,侵略南宋,忽必烈谋划已久,只不过是时间、机会问题。而围攻鄂州正是难得的一个机会。

其二,如果贾似道不主动议和,忽必烈不会主动班师。1259年7月蒙哥汗崩,9月初,忽必烈即汗位。应该讲,皇位的争夺是较为敏感的政治争夺。“蒙哥在位时,忽必烈、阿里不哥已形成自己的集团”(韩儒林《元朝史》),他们之间的斗争“是蒙古内部革新与守旧的不同政治方针的斗争”(中国元史研究会

《元史论丛》),“是用旧有的统治方式统治中原还是用先进的生产方式统治中原的分歧”(韩儒林《元朝史》)。忽必烈对蒙哥死后的汗位之争,有较为清楚的认识,这是可以肯定的。因为保守派谋立阿里不哥已非一朝一夕。深通用兵之道的忽必烈当然不会不知道“关键时刻”的含义,但只说了一句“吾奉命南来,岂可无功遽还?”(宋濂、王祎等《元史》卷四《世祖记》一),遂于9月3日进攻鄂州,11月围攻鄂州城下,并激烈攻城。

有些学者提出忽必烈之攻鄂州,是为了“扩大自己的势力,提高自己的影响”(中国元史研究会《元史论丛》)。事实上,忽必烈当时已是众望之所归,且已形成有力的集团。如果执意争夺汗位的话,不可能坐失争夺汗位的良机,凭一场战争来争取一部分持观望态度的中间势力。

其三,忽必烈之班师,是部下力劝和贾似道议和的结果。蒙哥死后,郝经等就以“先发制人,后发人制”多次相劝,但忽必烈仍犹豫不决。正在此时,贾似道主动议和,才令班师。“忽必烈三让,诸王大臣因请,遂即位。”后又言:“腾峻辞固让,至于再三,祈恳益坚,誓以死请,于是俯徇与情,勉登大宝。”(陈邦瞻《宋史纪事本末》卷九十九,卷一百)这些话冠冕堂皇,自然是故作推诿之辞。一方面忽必烈固然有做大汗的愿望,且是人心所向,众望所归;另一方面,即使阿里不哥欲争帝位,自己也是不负众望,争夺帝位以后,也可能争取更多的汉地。故与之争,是人之常情。

由此观之,忽必烈进围鄂州,贾似道乞和时,正处在犹豫不决,骑虎难下之际。由于贾的求和,其才下决心撤退。如若不和，势必强攻，则必将加速南宋之灭亡。

忽必烈如加剧攻城，则必加速南宋的灭亡，其理由如下：

其一，南宋的腐败。宋自高宗南渡以来，虽在极短一段时间，抗战派主攻，但在绝大部分时间里，投降派一直充斥朝廷。鄂州之围时，正是“阎马丁当，国势将亡”之时。官吏贪污，囤积居奇，鱼肉百姓，十分常见。宋财政税收和军粮供应，有三分之一来自四川，而川三分之二已归于蒙。东南地区则土地兼并相当激烈，大片土地集中在大官员、将领手中，农民无立足之地，造成纸币滥发，物价飞涨，军粮供应陷入重重危机之中。军队缺少足够的训练，造成“城而无兵，以城与战”（脱脱等《宋史·陈仲微传》）的危险境地。连金哀宗也说：“南人何足道哉，得甲士三千，纵横江淮，有余力矣。”（陈邦瞻《宋史纪事本末》卷九十九、卷一百）南宋的灭亡是历史的必然趋势，只是时间问题。

其二，道学思想的充斥朝廷。由于理宗的推崇，道学在政治上、思想上取得了统治地位，而且深入儿童教育。道学重要特征为“利”字，其核心为“扬名声，显父母”，因此大批大批的南宋高官厚禄者投降蒙古。他们或献城而降，或带领所属地主集团以降，只为继续做官。此外，这些降将又在后来灭宋战争中发挥了重要作用。由于他们对南宋兵力的部署、将领的才能和个性相当了解，因此对南宋造成极为严重的威胁。如后来攻克襄阳乃至灭宋之计划，几乎都出于刘整之口。

对这些降将，不采取批判态度，反而用同情笔端加以描绘，把责任全推到贾似道身上，这其实正是对历史上“皇上英明，奸臣误国”传统史观的一种反映。相比之下，贾似道在鲁港兵败之后，仍“心系宋室”，在长江两岸扬旗召集队伍，在迫不得已时还请求迁都，以重整南宋河山。

其三，当时情况下，忽必烈乃蒙古人心之所系。和议订立后，兀良合台也放弃潭州与忽必烈会师撤归。东路军也因忽必烈之订和约而主动停止进攻。当时忽必烈在各路军中已成为“不是大汗的大汗”，如忽必烈不撤，各军势必坚持，这对南宋是极为不利的，因为忽必烈对中原汉地之经营深有基础。蒙哥崩时，忽必烈在北方已“掩有中夏，挟捕辽右、白虐、乐浪、玄菟、秽貊、朝鲜、燕云，常代控引西夏、秦陇、吐蕃、云南”，“倍半于金源，五倍于契丹”(郝经《郝文忠公陵川文集》卷三)。南方中原地区，由于忽必烈采用姚枢等人的建议，“将士兵分屯要地，以守为主，亦战亦耕，广积粮储”(姚燧《姚枢神道碑》)，其不仅夺得大批土地、人民和财富，而且重用、信任了一批有名望的汉族儒士，如刘秉忠、姚枢、郝经等。忽必烈已在中原打下坚实基础，如蒙哥南征时，因忌忽必烈在中原的势力，“不使领兵”(剌失德丁《成吉思汗的继承者》,《史集》第二卷)。

或曰:“宋兵凭借钓鱼城之天险，守军的勇，或可固守。”但仔细分析，蒙哥汗之强攻钓鱼城，本就为战略上的一大失误，和成吉思汗的“避实就虚”攻城战略格格不入。在当时，述速忽里就曾向蒙哥提出:“久围合州，不如以小部兵力牵制，调大军水陆东下，破忠涪诸小郡，然后与鄂州渡江堵军合势，则东南之事一举可定。”(罗旺扎布《蒙古族古代战争史》)当时蒙哥汗没有采纳。若采纳之，则南宋就有可能提前几十年灭亡。南宋所苦心经营的钓鱼城也就失去了作用，成为孤城。

忽必烈率中路军进攻的鄂州城，其战略位置十分重要。鄂州是长江中心重镇，南宋大门。还在攻城时忽必烈就有灭宋之大概战略思想（罗旺扎布《蒙古族古代战争史》），这在客观上正和后来其采取的中间突破思想是一致的。四川方向，自窝阔台汗以后，忽必烈一直着手经营。如忽必烈远征大理时，路经临洮，就命江德臣修治利州等城，且屯田于蒙古军城利、阆诸州，巩固所占之地。女真人夹谷龙筑成“内治堡垒，外增鼓柝，峰烟得惊，日夜千里不绝”的城池，修起“民庐数万区”。当时忽必烈如从鄂州突破，四川方向以少部兵力牵制，使之不致东援是完全可能的。这正是后来灭宋之战略。

况且鄂州之战事关全局，贾似道也做了精心准备。当时忽必烈抓住了宋军俘虏，问军情，结果俘虏说宋军来不及集中兵力，贾大人带来的是在营老弱之人，都不是精锐。因此忽必烈士气大涨，强行攻城，好不容易把城墙挖穿了，才发现贾似道叫人在内城又修了一道木墙。打到后来，忽必烈在军中都开口骂人了，说手下是一群饭桶。敌军城里面只有个姓贾的置帅（制置使），你带领十万众不能胜，打了数个月也没攻下这座城池，这是你们的罪过啊。

其典出自如下地方：

> 壬子，登城东北压云亭，立望楼，高可五丈，望见城中出兵，趣兵迎击，生擒二人，云：“贾似道率兵救鄂，事起仓卒，皆非精锐。”
>
> ——《元史》卷四《本纪》四

一日夜半，召希宪入禁中，从容道藩邸时事，因及赵璧所言。希宪曰："昔攻鄂时，贾似道作木栅环城，一夕而成，陛下顾扈从诸臣曰：'吾安得如似道者用之。'刘秉忠、张易进曰：'山东王文统，才智士也，今为李璮幕僚。'诏问臣，臣对：'亦闻之，实未尝识其人也。'"帝曰："朕亦记此。"

——《元史》卷一二六《列传》十三

上曰："彼守城者只一士人贾制置，汝十万众不能胜，杀人数月不能拔，汝辈之罪也，岂士人之罪乎？"

——《蔡文忠公集》卷二十三

所谓和战问题，是两军对垒中经常发生的事，不论哪一方，主动的还是被动的，其根本目的在于有利于保存自己和争取时间发展自己。这就必须审时度势，知己知彼，做出正确抉择。对贾似道派人在鄂州与蒙古议和这一举动，今人完全予以否定，认为贾似道应趁蒙哥死于钓鱼城下之际，"奋起抗击，迫使蒙古军及早撤军"，而不是派使臣前往求和，甚至直指此为"求降"行为。但南宋末年的一些有识之士，却表达了一定程度的理解，如黄震说："方贾似道事急之际，尝约议和。已而往来鄂州与共守战，尝获捷，及元兵解去，遂掩和议不言自诡再造之功。"宋元之际的郑思肖，是一位具有强烈民族气节的人士，他也认为贾似道是"给许岁币"，而蒙古"以许岁币为诚语"，"遣郝经入使索其物"。"似道惧以当时用计给许岁币事损其名"，遂

“馆经真州十六年”。他们都不认为鄂州议和是一种错误的乃至投降的行径，而是贾似道为促成忽必烈退师、争取时间的一个权宜之计，在当时，贾似道主动乞和，是为了免于亡国。忽必烈之应和，乃在“划江为界，银二十万两，绢二十万匹”之利诱之下，权衡得失，决定先撤。蒙宋两方各得其利。清朝著名历史学家赵翼认为“以和保邦，犹不失为图全之善策”，“实在是不得已中之得之”。如果一棍子把求和打为投降，失之偏颇，只能算义理之举，是不合时势的。贾似道当时之乞和，恰恰是适时势而反义理，而义理有很强的民族性，民族性又具有很大的稳定性、共同性，再加上贾似道生活也较腐败，推行一些改革也相继失败，故历来被评为反面人物。事实上这是以偏概全。我们为贾似道鄂州之役做出辩证评价，并不是为贾似道涂脂抹粉，乃是历史主义地、实事求是地评价历史人物的功过。

《台州社会科学》2003 年第 3 期
《台学研究》2011 年第 1 期
《天台方志》2012 年第 2 期

王士性遭冷落的历史考察

王士性和徐霞客同是在明代经世致用浪潮冲击下出现的伟大的地理学家。徐建春认为，王士性与徐霞客相比，虽然在自然地理上的贡献不及徐霞客，然而也有不少独到的见解，有些方面甚至填补了前代地理学上的空白（徐建春《徐霞客与王士性》，《东南文化》1994 年第 2 期）。谭其骧教授在 1985 年的某次国际会议上评王士性“在人文地理学上的贡献，比之于在他以后约四十年的徐霞客对自然地理的贡献，至少可以说是伯仲之间，甚至可以说是有过之而无不及”，因为他开了“近代人文地理学的端绪”（徐建春、梁辉《徐霞客论稿》），而社会对他们的评价却大相径庭。今天的人们谈起徐霞客，几乎妇孺皆知，其人、其事、其书早已为世人所瞩目。对其著作《徐霞客游记》的研究，已形成一门包罗万象，上至国家领导，下至平民百姓都参与其中的学科。而谈起王士性，不用说一般的人，就是在地理学界，知晓其人、其事、其书的也甚少。这是多么鲜明的对比，多么强烈的反差。王士性遭冷落的历史原因又是什么呢？徐建春、梁光军在《王士性论稿》等书中已有所论述。本文试从他与徐霞客的比较入手，参考已有研究成果，从内部、外部分析其整整被冷落 400 年，而徐霞客却保持长盛不衰之历史原因。

一、内部原因

哲学上讲，事物的发展变化，内部原因总是处于绝对的、主导的地位。这里主要从王士性与徐霞客的比较中分析其受冷落的内部原因。

笔者以为王士性与徐霞客比较，在下列几个方面明显不同，因而直接影响他的历史命运。

（一）著作本身存在的区别

第一，在考察方式上，王士性考察多乘仕宦之便，而徐霞客则以私游考察，并以之为职业，这样义理上一般文人已倾向于徐霞客，因为其精神可嘉。因当时文人称读书入仕为“地匿”“国蠹”，而士性既身在官场又四处走访，谁知道是在考察还是在游山玩水，这容易给人以不务正业之感。尽管士性一心为民，勤于政治，尽管其在地理学上也有特殊贡献。

第二，当时的考察多注重自然山水之美，只有王士性注重人文，这显示出他的“高人一着”。但在整个轻视人文地理的封建社会，王士性的人文地理著作似给人一种“阳春白雪”之感，而不大为人所接受。而《徐霞客游记》则大多描写山水形势和一些自然风光。

第三，在表达形式上，王士性是在对所得材料进行综合、取舍、理论思维后写出的地理著作，用他自己的话说是“意得则书”。而《徐霞客游记》则以日记式的实录形式记叙旅途风光，既为科学著作，又为文学作品，其文字较带有学术性的王士性著作自然更生动、形象，因而也容易被人接受。

第四，在两类游记所属学科性质上，王士性的代表作《广志绎》属人文地理著作，而徐霞客的游记则重于自然地理。人文地理属社会科学的性质，自然地理属自然科学的性质。而社会科学对社会的作用，往往不及自然科学之及时。社会科学往往是带有全局性的指导性学科，而自然科学则可以作用得较细，渗透到社会生产的方方面面，而且效果立竿见影，故易被人认识到。因而在一般学者心中王士性就不及徐霞客了。

由于著作本身存在的差别，我们可以看出不论就游记内容本身、游记表达形式，还是就读者的市场上看，王士性的冷落与徐霞客的兴起都绝非偶然。

(二)各自的社会地位

如果说王士性著作本身不为世人所接受，那么他的政治生涯使其地理才能进一步不为世人所知。这看似对两者的命运关系不大，其实极为重要。王士性为大明官员，相继在河南、北京、四川、广西、云南、山东等地为官。而徐霞客则因不满党争而不愿入仕，立志远游，一生浪迹天涯，是历尽千辛万苦考察山川地貌的一介布衣寒士。故《明史》有王士性传而没有徐霞客传，二人一生的入仕与不愿入仕对后来的命运影响极大。表面上看，《明史》有王士性传而没有徐霞客传，似乎后来对王士性的评价应高于徐霞客，但是透过表面挖掘深层的结果，恰恰相反。正是由于王士性为当朝所用，所以虽记入明史但大多着眼于其政绩，将其描述为一个为民请命的真正的父母官。虽然也曾提及其著作，但对王士性的特殊贡

献,所记却只是凤毛麟角,是极为不够的。比如,《明史》是这样记载他的:

士性,字恒叔,万历五年进士,除确山知县,征授礼科给事中。首陈天下大计,言朝廷要务二,曰亲章奏,节财用;官司要务三,曰有司文罔,督学科条,王官考核;兵戎要务四,曰中州武备,晋地要害,北寇机宜,辽左战功。疏凡数千言,深切时弊,多议行。劾应天巡抚郭思极,先为御史,又监湖广乡试,私张居正子悉修,思极则罢去。明年正月,有诏制鳌山灯,未几,慈宁宫火。士性言:"近荆襄洪水,陇关地震,两浙岁侵,而火灾又告,正上下修省之时。况此宫慈圣太后所居,而太后又新有武清之丧。苟张灯为乐,必伤圣心,请停前诏。"帝纳之。杨巍议斥丁此吕,士性劾巍阿辅臣申时行,时行纳巍邪媚,皆失大臣谊。寝不行。时行,士性座主也。久之,疏言:"朝廷用人,不宜专取容身缄默,缓急不足恃者。请召还沈思孝、吴中行、艾穆、邹元标、黄道瞻、蔡时鼎、闻道立、顾宪成、孙如法、姜应麟、马应图、王德新、卢洪春、彭遵古、诸寿贤、顾允成等。"忤旨,不报。迁吏科右给事中,出为四川参议,历太仆少卿。

士性端庄有雅度,立朝矜尚名节,为士类所称。二十三年河南缺巡抚,廷推首王国,士性次之,帝特用士性。士性疏辞,言资望不及国。帝疑其矫,且谓国

> 实使之，遂出国于外，调士性南京。久之，就迁鸿胪卿，卒。（《明史·王士性传》）

整个王士性传近500字，而无一字言及其在地理学上的贡献，更不用说是人文地理学了。这样，在一般人心目中，王士性是一个清官，是一个大公无私、不畏强权、为民请命的好官，至少首先是一个清官，绝对不会是一个地理学家。《明史》这样记载，容易给后世王士性作传者造成一种视角上的偏差。就连1984年出版的《浙江人物简志》也深受其影响。《简志》是这样记载的：

> 王士性（1548—1598），字恒叔，号太初，临海人，王宗沐从子。万历时中进士，由确山知县征授礼科给事中，首陈天下大计数千言……（与明史同，略）均深切时弊，大多得以实行。王士性曾揭发杨巍阿谈重臣申时行，而时行亦纳杨巍邪媚，二者皆失大臣体。后来，他又上疏请诏还沈思孝、吴中行等人，忤旨，不报。迁为吏科给事中，出为四川参议，担任过太仆少卿。五十三岁卒。王士性著有《五岳游草》《广志绎》。《广志绎》有五卷，凡山川险易民风物产之类，巨细兼载，是一部很有价值的地理学书籍。

在《浙江人物简志》中，我们可清楚地看到其受《明史》影响的痕迹，《简志》除抄录《明史》部分内容外，还增添了几句介绍其地理学上的贡献，整个简志 300 余字，而介绍王士性地理学贡献的仅 40 余字(在 20 世纪 80 年代人文地理学开始兴起的情况下)。可见，《简志》主要还是从政治方面来论述王士性的。

因而，《明史》给人们对王士性的评价带来的误导是极大的，虽然《临海县志》以较大笔墨描绘了其在地理学上的贡献，但毕竟只是县志，远不及国修《明史》之影响与权威。作为大地理学家的王士性在一片啧啧政绩声中、在一片歌颂声中被埋没了。

而徐霞客，虽然因其为布衣没有被载入《明史》，但也正因其为布衣而游览天下，反而在世人中引起轰动。因为清官不止一人，“而不愿入仕，在没有政府资助条件下，不出于任何政治、宗教企图，纯粹以考察自然为目的，毕生从事旅游事业的，徐霞客亘古第一人”(娄曾泉、颜章炮《明朝史话》)。所以不言而喻，凡为其作传者，大多言必提大旅行家、大地理学家。而不像王士性，虽被《明史》收录，而实际于地理学贡献方面的评价都是反作用。而反过来，这种群体效应又超过了尖端优势。王士性的大明命官地位，表面上与后世社会对自己的评价无关，但客观上，在一定程度上已决定了其后来受埋没的命运。

(三)死后著作的处理

王士性遭冷落与徐霞客被追捧，关键原因不在以上两点，而在于对其著作的处理上。如果说，王士性的著作不为时人所接受，已为受冷落埋下了伏笔，而从政的社会地位又使其地理才能在对政绩的叫好声中被埋没的话，其死后著作一直没有付梓，则使他彻底遭冷遇，这是最关键的一点。王士性在其代表作《广志绎》序中这样写道:“敢自附于近代作者之习乎哉?故不得之身而得之人者,猥以辑云尔矣,万历丁酉中秋日,天台山元白道人王士性恒叔识。”但书稿未来得及刊行,他可能就卒于任上。当时仅是初写本,直到嘉庆二十二年(1817),临海宋世荦核勘付梓,并收入“台州丛书”才行于世(丁式贤《王士性论稿》)。而徐霞客呢?在他死后,他的朋友陈函辉、钱谦益即动手写其传、志其墓及付梓。

一部著作,特别是《广志绎》那样高人一着的地理著作,本身不为人所接受,能不能留传后世,为后世人所重视,其付梓当然就十分重要了。然而,士性生前来不及付梓,《广志绎》目录为六卷,内容却只有五卷,很可能没写完就卒于任上了。近300年后才校勘、重梓,影响自然就小了,在整个清代已整整断了一档。而在这一断档期,对徐霞客的研究却在发展,因而对两者而言,其作品的付梓与否实为关键的一点。因为它影响到后来的外部原因,如《四库全书》对王士性的评价。下面就谈外部原因。

二、外部原因

如果说,内部原因只为王士性遭冷落提供可能的话,外部原因则把这种可能性转化成现实。笔者以为,外部原因有两个方面:

(一)天台山文化自身的封闭性特点

台州“三面环山,一面临海”“天台山高一万八千丈,山有八重，四面如一”，且“所立冥奥，其路幽迴，或倒景于重溟，或匿峰于千岭，始经魑魅之余，卒践无人之境，举世罕能登涉”（晋孙倬《游天台山赋》）。这种封闭性的地理环境导致文化上的封闭，而文化上的封闭必然造成缺少对外交流的环境，从而导致一些文人、学子虽屡有大作却往往遭埋没。特别是隋府郡由章安迁入临海后，这种封闭性文化环境表现得更为强烈。像齐召南著有鸿篇巨制《水道提纲》，却几乎无人研究。而相比之下，对郦道元《水经注》的研究已形成一门显学——郦学。寒山寺因寒山诗“姑苏城外寒山寺”而响彻海内外，而隐居于天台70多年的寒山子却无人研究。贾似道的《促织经》为世界上第一部研究蟋蟀的专著，理论曾为国内一些生物学家引用，但其研究者却寥寥无几。在这样的天台大环境中，王士性受压抑也就不足为怪了。反过来，这也是台州文化封闭性的一个反映。

（二）时代学风上，务实的经世致用为清初的考据风所代替

由于经世致用的务实学风，加上王士性的朋友冯梦祯的推崇，因而他受到黄宗羲、顾炎武、王夫之三大家的重视。一些文人对其著作的评价还是较高的。然而到清初，其命运就有了重大转变。这就是重考据之风的兴起和后来《四库全书》的编修。以乾嘉学派为代表的考据学风的兴起对王士性的人文地理颇有影响。因为考据学派兴起后，在人文地理上只讲建制沿革，故王士性著作受冷落，加上未及付梓，所以到乾隆即位后，尽管诏中外搜访遗书，而对王士性的《广志绎》却记之甚少，可以说

是极力压制。《四库全书》对王士性的《五岳游草》仅存史部地理类存目，对其重要地理书《广志绎》也只是这样评价："凡山川险易，民风物产之类，巨细兼载，亦间附以论断，盖随手记录，以资谈助。故其体全类说部，未可尽据为考据也。"而对徐霞客则极力褒扬，说他"锐于搜寻，尤工于摹写，游记之多，莫过于斯篇，虽足迹所经，排日记载，未尝有意于为文。然以耳目所亲，见闻较切，且黔滇荒迹，舆志多疏，此书于山川脉络，剖析鲜明，尤为有资考证，是亦山经之别剩，舆志之外篇矣，本兹一体，于地理之学未尝无补也"。

《四库全书》说王之《广志绎》"随手记录""以资谈助"，说徐霞客游记"有资为考证"，分别从著作完成形式、作用上做了截然不同的评价，其内涵分明是受考据风的影响。这种抑王扬徐，看似偶然，其实必然。

在封建社会，自给自足的自然经济占主导地位，而人文地理包括工业、商业、城市等，在一定程度上均是对自然经济的冲击，故封建社会历来是轻视人文的。虽然像司马迁这样个别具有远见的政治家曾有过《货殖列传》等名作，但就整个社会、整个历史时期而言，人文地理则是沉寂的、冷落的，不多的地理著作则以方志和游记为主，内容上以资料汇编和记叙性为主，缺少理论的概括。在这种大气候下，王士性的《广志绎》不论就内容还是就形式上都比一般人文地理著作高出一筹，故为一般史家所不容，被视为异端邪说，反而极力压低。

如开头所述，王士性在自然地理上也有过杰出贡献，如在关于长江源头的考察上，王士性指出："……河出塞外……而江源于岷山。”而徐霞客之所以是实至名归的大地理学家，是因为其贡献之一就是关于长江源头为金沙江的考证。而徐霞客小了王士性四十岁。有这样的可能，即王士性和众多的地理学家一样，为徐霞客登上地理学家宝座起了铺垫作用。

《四库全书》为乾隆主持，纪昀等人编修，其权威性不言而喻，如此，后世的评价已基本形成。因而，我们可以考察到王士性受冷落的一个历史过程，是内外部条件、主客观因素、必然性与偶然性结合的结果，一步一步地由学术上高出时代到被人冷落。因其著作高于世人，故不为人所理解和接受，又因其为朝廷命官，勤政为民，史书多记其政绩，而在这时候，巧合之下，其著作又一直未付梓，故后世虽有提及但亦不为人所了解。再加清代学风有了大转变，其思想不为编修者所重视，加上未付梓，流传又不广，故权威书籍极力压抑，这样其著作遭冷落局面无可避免地形成了。

《台州社会科学》2006年第3期

“建文帝二游天台”考

据《明史纪事本末》记载，“靖难之役”后建文帝曾二游天台，一次在成祖永乐二十二年(1424)冬十月“游天台诸胜”，一次是宣宗宣德“八年春正月，建文帝在赤城”。

而今游人来到赤城山紫云洞，不免要在“建文帝度岁处”碑前驻足沉思，感慨一位国破家亡的“帝僧”竟两度来天台过年。但是也有人基于建文帝在“靖难之役”中焚死之说而对此从根本上予以否定。事实上，从当时史料分析，建文帝二游天台还是有可能的。

第一，笔者以为“靖难之役”后建文帝之“东西南北，往来名胜”无非出于以下原因：(1)避祸。因成祖耳目众多，故不可定居。(2)游览名胜。(3)据《明史纪事本末》记载，建文逊国后，在云南一带出家为僧，而云游四方也是僧人一种活动的需要。

而天台山客观上具备了这些条件：(1)就主要目的避乱而言，天台山是以“佛宗道源，山水神秀”著称的“佛窟仙源”，因远离战乱，僻处山陬海隅，自然以景美壮观，生态环境优良而成为避祸幽居、修身养性的理想场所。(2)就游览目的而言，天台山更是不能不到之地。它千峰竞秀，万壑争流，横溃四出，中秘幽奇，自古就有“南国山水天下奇”之美誉。(3)就僧人的活动而言，天台宗是佛教中国化第一宗，不管建文逊国后信奉何教派，作为第一个中国化的佛教宗派，其对佛教史有重大影响。更兼天台宗从智𫖮一创立就大谈“会三归一”之理，用“大白牛车”来赞颂隋王朝。在《法华玄义》卷一里又有“人王无上，叛而伐之”之句，这正合建文帝当时的需要。尽管当时明成祖统治已较稳固，但在世人的心目中，毕竟建文才是正统，成祖则永远是叛逆者。再者由于朱元璋少时曾做过和尚，故对佛教大力提倡，这一时期成为佛教史上又一鼎盛期。他曾在洪武三年(1370)，诏禅宗名僧昙噩禅师住持国清寺，佛号“文懿大师”，可见国清寺在当时的影响。鉴于此，建文帝到天台隐居并度岁实为明智的选择，何况建文帝本人对佛教大力推崇，曾建大觉殿于宫中。又据《二十五史补正》，建文帝曾经对《法华经》做出过注解，署名为“文和尚”，而《法华经》是天台宗立宗之经典，天台宗又称法华宗，这些都说明建文帝本人同天台宗、天台山的关系。

因此，在当时情况下，建文之游天台实为明智之举，为上策，因为天台山同时具备了避难、游览、为政等诸多方面的条件。

第二，方孝孺的影响。方孝孺曾被朱元璋称为“天下第一号读书人”。据《明史》记载：“明成祖发兵北平时，军师姚广孝曾说过城下之日，彼必不降，幸勿杀之，杀孝孺，天下读书种子绝矣等语。”此话中“杀孝孺，天下读书种子绝矣”只是对方孝孺个人才华的肯定。而其中“彼必不降”则是孝孺与建文帝之间关系的一种反映，更是对方孝孺个人人格的肯定。事实上，建文帝与方孝孺之间也确非一般的君臣关系。《明史》记载，“建文好读书，每有疑即召使讲解。临朝奏事，卧僚通议可否,或者孝孺就户衣前批答,国家大政,事辄咨之”,可见其对方孝孺的尊重和信任。

由此可见,方孝孺与建文帝之间在一定程度上已经超越了君臣关系。建文视孝孺为知己,到了无话不谈的地步。从国家大政到地方琐事,以至风情美景,都成为话题。

方孝孺为宁海人,宁海古属台州。因此,方孝孺在平时同建文帝交往中,不可能不谈及天台。无形之中,已成为一种广告,在建文心中已产生一游的欲望。但其即位后仅一年,就忙于战事,哪有机会外出,其乘靖难之役后往来各地名胜,诚可转移目标,也不至于被明成祖的爪牙发觉。

第三,冯翁的影响。对方孝孺的死,建文帝自然伤心,但毕竟已无法挽回,而据《明史纪事本末》记载,随同建文出逃的还有一位台州人,从而大大加深了建文帝对台州(天台)的印象。这就是当时的刑部司务黄岩人冯翁。

《明史纪事本末》记载,建文出逃后,冯翁一直跟随,而黄岩一直属台州,当然可以天台代称之。后来由于跟随人多易暴露目标,故分散各地。冯翁曾化名“塞翁先生”“马二子”等以帮建文运送物资之类,但大部分时间还是住在黄岩的。而建文一面游览各地名胜,一面走访随同出逃的老部下、亲信,故游访黄岩。同时激起他对方孝孺的怀念,以及对天台山胜景的向往,从而二度游天台,应该说也是情理之中。

总之,不论从当时天台所具备的历史条件看,还是从当时建文帝所处环境看,建文帝逊国后二游天台都是可能的,尽管在靖难之役中,建文帝的生死至今仍然是一个未解的谜团。我们也永远无法找到历史真相，因为“第一”历史是我们所无法目睹的。也许只有建文帝本人和朱棣才最清楚这个谜团的答案，我们后世所能做的只是通过捕捉众多蛛丝马迹，尽可能地接近历史真相。

《天台报》1998 年 8 月 24 日

《天台方志》2011 年第 4 期

张伯端故里小考

张伯端,字平叔,号紫阳。因其《悟真篇》为中国道教史上影响最大的内丹专著之一而闻名于世。然其籍贯却一直存在天台、临海二说。

笔者以为,从其《悟真篇》及其他相关史料分析,张伯端应该为天台平桥人。持天台说者较为有理。

第一,持临海说者,其依据就是康熙《临海县志》记其为璎珞街人。而璎珞街在今临海古城,就依此一条而认定张为临海人,这本身就是孤证,孤证不足论,更何况编修康熙《临海县志》距张伯端生活年代已有600多年的时间跨度。

史载张伯端年少聪明好学,涉猎儒、释、道三教经书。长大后当了台州府吏,其住所在今璎珞街,清戚学标《台州外书》称璎珞街在“府治东北”。而当时台州治所即在今临海,故《临海县志》称其为璎珞街人。其实住所与籍贯并不是同一回事。

第二,天台说的主要依据是张伯端《悟真篇》的自序。后来,明释传灯的《天台山方外志》、清张联元的《天台山全志》均认为张伯端为天台人。

一般说来,作为他一生心血结晶的《悟真篇》自序中他既然称自己为天台人,应该是错不了的。

第三,持临海一说者也有以“宋元之际,天台乃一郡之通称”为据者。应该指出,宋元明之际确有学者非天台人,而称自己为天台人,但毕竟不多,就在这少数学者当中,其称谓也有相似之处,即籍贯和字号是连在一起的。如胡三省为宁海人,其称为“后学天台胡三省”。方孝孺为宁海人,其友称为“天台方君希直”。陶宗仪为黄岩人,其自称为“天台陶九成”。显然这些天台都是广义的天台,指天台山一带或“乃一郡之通称”。而张伯端则称为“天台人也”,显然,与前者有明显的不同之处。

第四,在这里,我们也可以看出持临海一说者的思想发展过程:因其做过台州府吏,而府治又在临海,居璎珞街,1082年又在临海百步溪坐化。这给人造成的假象就是其为临海人。再加上,张伯端死后,百步乡人就在他羽化处,设了“紫阳化身处”纪念碑以做纪念。明嘉靖四十四年(1565),台州府推官张滂又在百步溪修建紫阳庵。康熙时修《临海县志》更明确载其为临海璎珞街人。到雍正帝,又亲命工部主事刘长源来台州,在璎珞街和百步溪各建“紫阳道观”一所,用以祠祀张伯端。久而久之,以讹传讹,一代真人张伯端的籍贯也由天台平桥移到了临海璎珞街。

《天台报》2007年11月29日

从慧思到智觊
——论佛教天台宗祖庭

天台宗五祖章安灌顶在所著《摩诃止观》中首先勾画了一个由龙树而慧文而慧思而智觊的天台宗传法系统图。即以古印度大乘中观学派的创始人龙树(150—250)为初祖,以北齐慧文为二祖,南岳慧思(515—577)为三祖,而实际创始人智觊(539—598),又称为智者大师,则为四祖。

近有文章称奉龙树为高祖不过是攀龙附凤之习,不足为据。至于慧文,其事迹仅见于《慧思传》内,有"聚徒数百,众法清肃,道俗高尚,乃往归依"(《续高僧传》卷十七),仅寥寥数语,"与慧思之关系,传记亦所不载"(蒋维乔《中国佛教史》卷二,第十章),《智觊传》则强调"思又从道于就师,就又受法于最师"。可见慧文与慧思的关系并非一脉相承。加之,慧文又无著述名世。因此,奉慧文为二祖,亦不过想当然耳。然而,慧思事迹,史传载之甚详,其少诵法华,以法华义成诸法实相论,著有《法华安乐行》等近十种,十数卷,并以之教授智觊七载,为之说法华安乐行而证法华三昧,白纸黑字,言之凿凿。慧思当为天台宗的创始人。

文章还认为:"天台宗祖庭在浙江国清寺的传统说法,显然忽视了慧思、智觊于河南光山净居寺创立天台学说的发轫之功。……依山而建的净居寺应当是早于国清寺的天台祖庭。”

文章结尾则指出，净居寺为天台祖庭是当之无愧的。这篇文章正是《净居寺与天台宗》一书当中的《光山净居寺考》一文，作者为武汉大学哲学学院麻天祥教授等。

且不论一个佛教宗派的形成要具备一套完整的理论体系，有明确的师承关系，有一定规模的寺院经济，一定数量的僧团，这些条件光山净居寺在当时无一具备。单从教义上去分析，智觊之于慧思，还是发展大于继承。

从整个天台宗理论体系来看，慧思提倡的观心、定慧双修和“一心三观”为智觊所直接继承。

第一，智觊的“观心”较慧思更具完成性。

来自北方的禅师慧思特别重视坐禅，把坐禅置于大乘“六度”中的持戒、忍辱、施舍、精进、般若之上，说一切智慧和佛法功能“皆从禅生”。认为以一切种智指导禅观，可以同时普见上自佛、菩萨，下至六道的一切众生，“一令心中一时行，无前无后，亦无中间”。此理论为智觊“一念三千”所直接继承。如何坐禅，慧思认为应先观“身本”，即先观作为人生本体的“如来藏”或“自性清净心”，然后再观作为自身肉体的“身身”和作为自身精神的“身心”。认为“身本”是无生灭来去的，而“身身”与“身心”则是“从妄身生，随业受报”。慧思在《诸法无诤三昧法门·法念处品》中说：“一切烦恼，无明为主。因眼见色，生贪爱心，爱者即是无明，为爱造业，名之为爱，贪著心者，即名为爱。四方求爱，名之为取。如是法生，名之为有。次第不断，名之为生，次第断故，名之为死。众苦所逼，名之为恼。乃至识法因缘生贪，亦复如是。如是十二因缘，一人一念中心，悉皆具足，名为烦恼，生老病死，十二因缘非是解脱。”

可见慧思提倡的观心，是“因眼见色，生念爱心，爱者即是无明”，如何破解，是要求先观“身本”即观“如来藏”“自性清净心”，然后再观自己的“身心”，两者是截然分开的。而到了智𫖮，其则强调直接观六识中的“意识”，即作为“惑本”之心，当下的无明烦恼之心。从佛教心性论和修行论的发展史看，智𫖮的观心论，更具有容易被人接受的现实主义特性，使慧思的思想更具有实践化。

第二，智𫖮的“定慧双修”较之慧思有更多哲理性。

“定慧双修”是慧思佛学思想的一大特色，慧思的这一思想，又为智𫖮直接继承，成为中国佛教天台宗的基本宗风。

虽然如此，但是慧思提倡的“定慧双修”实际上还是将两者分开，有前有后，这和整个北方学派重视禅定修习和造像等佛教功能的积累，而相对轻忽对佛教义理的探讨有关。

慧思征引多种佛教经论，力陈“般若诸慧皆从禅定生”义。如在《诸法无诤三昧法门·禅定论》中说：“三乘一切智慧皆从禅生。”《傲若论》中亦有此语：“般若从禅生，汝无所知，而生疑惑……”又，《般若波罗蜜光明释论》中说：“广……如来一切智慧及大光明，大神通力；皆在禅定中得……”又，《胜定经》中说：“若复有人，不须禅定，身不证法，散心读诵十二部经，卷卷满，十方世界皆诵通利，复大精进，恒河沙劫讲说是经，不如一念思惟入定。何以故？促使发心欲坐禅者，虽未得禅定，已胜十方一切论师,何况得禅定!"

可见慧思虽强调定与慧须双修,但二者的地位不是等同的。他强调"三乘一切智慧皆从禅生",只有在禅定中亲身体证的智慧才是真正的智慧。因此,必须走"由定而慧"或者说"由定发慧"的路子,禅定乃智慧之本。主张一切为智者"禅定"。

与慧思相比较,智𫖮的思想则不同,不拘于"由定而慧"的路子,而是把"南义北禅"的不同学风圆融起来,成为一个统一的整体。

起初,智𫖮的思想受慧思影响较大。认为止是停止,指停止于谛理而不动。又作止息解,即止息妄念。观是观达,即观智通达,契会真如。在《摩诃止观》中有记载,"息义者,诸恶觉观、妄念思想寂然休息……此就所破得名,是止息义。停义者,缘心谛理,系念现前,停位不动","法性寂然名止,寂而常照名观"。智𫖮认为,若从所修之方便来说,则止偏于空门、真如门,依靠无为主真如,远离诸相。观属于有门、生灭门,依靠有为之事相,发达智解。若从所修之次第来看,则止在前,先伏烦恼,观在后,断烦恼,正证真如。因为止伏妄念,譬如擦拭镜子,使镜体没有尘垢,能照出万象,这是即观。这是对慧思思想的继承。

但在后来,在《小止观》中,当论及止与观、定与慧的关系时,智𫖮已转向了"止观并重""定慧双修"。在《小止观》中,智𫖮指出:"当知此之二法,如车之二轮,鸟之两翼,若偏修习,即堕邪倒。故经云:若偏修禅定福德,不学智慧,名之曰愚;偏学智慧,不修禅定福德,名之曰狂。狂、愚之生,虽小不同,邪见轮转，盖无差别。若不均等，此则行归圆备，何能疾登极果。”后来的思想则更是强调两者的“不二”。在《观音玄义》中其指出：“非禅不慧，非慧不禅。禅、慧不二。分门别说，作定慧二解。”就是有慧无定为狂慧，有定无慧为枯定。

智𫖮不愧为一代高僧，具有开宗立派的恢宏气度和广阔的胸襟，将一直以来的“南义北禅”加以圆融，这是慧思所未曾达到的境界。中国佛教天台宗所赖以自豪的“定慧双修”“止观并重”的宗风，实出自智𫖮，而非慧思。

第三，智𫖮的“一心三观”观法较慧文的更具圆融性。“一心三观”是天台宗“三一”保证的基础，给我们一个认识世界的方法。

传统的说法，认为慧文创“一心三观”之法，并把这种独创观法传给慧思，慧思再传给智𫖮，经过智𫖮的进一步阐发，“一心三观”就代表了中国佛教天台宗的完成。

在谈及三观时，智𫖮并没有指出源于慧文、慧思，而是说，“一心三观”者，此出《释论》，《论》云：三智实在一心中得。只一观而三观，观于一谛而三谛，故名“一心三观”。但灌顶在《摩诃止观》“缘起”段中说：“止观明静，前代未闻”，“此之止观，天台智者说心中所行法门”。也就是说，灌顶认为“一心三观”为核心的“圆顿止观”实为天台智者大师所创，智𫖮以《法华》为宗旨，以《大品》为辅翼，即通过对《法华经》“十如是”经文的三转读法来揭示“三谛圆融”的实相义理，再以“三谛圆融”的思想来解释《大智度论》的“三智实在一心中得”和中论的“三是偈”，并由此创立了一心三观的圆融观法。正如智𫖮在《摩诃止观》中说:“一空一切空,无假中而不空,总空观也;一假一切假,无空中而不假;一中一切中,无空假而不中,总中观也。”慧思以《大品》空观为主旨来理解《法华》,重视的是“如”,亦即“空”的一面;智𫖮则以《法华》为宗旨,以《大品》为辅翼,即通过对《法华经》“十如是”经文的三转读法来揭示“三谛圆融”的实相义理,再以“三谛圆融”的思想来解释《大智度论》的“三智实在一心中得”和《中论》的“三是偈”,并由此创立了“一心三观”的圆融观法。

从以上天台宗教义上去分析智𫖮以独到的见解奠定和确立了天台宗的基本理论和整套观法。当时的天台有相当规模的寺院经济,南朝陈太建九年(577),陈宣帝敕割始丰县(即今天台县),调以充众费,蠲两户民,以供薪水,一县赋税,成为智者大师创业之本,而河南光山净居寺,是神龙二年(707)光州僧人普岸于慧思结庵处修建的,只是在慧思圆寂后130年再建寺,当时又有何寺院经济可言。

综上所述,智𫖮当为天台宗实际创始人,而国清寺当为天台宗祖庭无误。

《台州社会科学》2002年第2期

《东南文化·天台山文化专号》2004年第4辑

关岭头村的“一村二俗”

关岭头村是一个不足百户的小村，却远近闻名，对于其的报道常见于各类报刊。天台、新昌两地的文学协会也曾多次到这里采风，《天台报》《台州日报》《新昌报》《绍兴日报》《江南旅游报》等都报道过关岭头村。

是什么原因使关岭头村如此闻名？因为这里的村民虽然生活在同一村庄内，却保持了两种不同的风俗，包括生产、岁时、生活等等。那么，在一个相同的地理环境下怎么会有不同的地理风俗习惯？这种风俗是如何形成的，具体又有何区别呢？风俗作为社会科学研究的一个部分，很有必要去对其做些探索。又因考证这个问题无现成资料可查，难度较大。笔者主要通过实地考察、深入调查和不断访问，查阅相关的地方史料，通过对关岭头村历史概况的介绍，对其历史地理环境、社会变迁做一些分析，进而归纳形成“一村二俗”的原因。

一、关岭头村的地理、历史、社会环境

（一）关岭头村的地理环境

当汽车驶过关岭隧道，从 104 国道向右拐上沿山公路不久，就可看见前面一个普通的山村，中间有一条鹅卵石铺成的

小道，顺着村中小道前行 20 多米，穿过一个古代留下的路廊茶亭，一块界碑就会映入人的眼帘。这是一块新昌、天台两县的界碑，界碑南边属天台白鹤镇关岭头自然村，而北边占关岭头村三分之二户籍的属于新昌县。天台县今属台州市（昔日的台州府），新昌属绍兴市（昔日的绍兴府），因此，此碑又是台州、绍兴两地级市（两府）的界碑。关岭头村不仅一村跨两县，而且是一村跨两市（府）。

一定的文化形态与一定区域的地理生态条件和人文历史分不开，它是在特定的地理环境和社会发展中逐渐形成的。关岭头村原属松关乡，1992 年“撤扩并”后，并入白鹤镇（天台五大镇之一，紧邻新昌县，是台州市北大门）。而据《浙江省天台县地名志》记载，松关乡山高岭峻，地势险要，是台州通往杭州必经之路。境内关岭，古称虎狼关，辖区人烟稀少，松木葱茏，地处要隘，乡由此得名。可见，关岭头所在松关乡就是一个地势险要、人烟稀少的山区乡镇。而同据《浙江省天台县地名志》载：“关岭头村是天台、新昌两县交界的边村，村中有石碑，为旧时通京要道，村处两山夹峙的山岭上，地势险要，故名。”

地处两市、两县、两镇、两个行政村管辖的关岭头，界碑南边属于台州市天台县白鹤镇关岭头自然村，碑北属于绍兴市新昌县儒岙镇上八坞自然村。一个小村属两市、两县这种情况确实很少。关岭头又分上街头、下街头。上街头与下街头有约 30 多米的斜坡岭分界。在下街头地段又有老屋台门和新屋台门之分，路东为老屋，路西为新屋，新屋居民都姓章，老屋居民原为章姓，现已杂姓。在 20 世纪四五十年代有四个茶亭路廊，上街头两个，下街头两个，现在只留上街头侯王庙与地藏庙之间一个路廊了。在路廊边居住的村民，一到夏天就烧煮六月桑茶水供行人解渴，以积德行善做点好事。

（二）关岭头村的历史遗迹

处于古驿道上的关岭头村，自古为军事要隘，历史上颇有名气。据民国《新昌县志》记载："唐时置关，关岭头由是得名。关岭铺为屋三楹旁列两厢中为一亭，缭以周榜，设司兵三十七名，以急迎马。"唐中期，袁晁领导的农民起义军曾在此据险垒石筑寨，抗击官兵。宋末，临安将陷，广王在其母杨淑妃带领下，与益王仓皇南逃，以驸马都尉杨镇、杨亮节为提举，保护二王赴婺州，被元军追堵，困于天台山。进义副尉徐常惠闻之，募集乡兵和家人及外孙陈亨在虎狼关据险把守、抗击元军，为益王、广王奔赴温州得以脱险浮海南行赢得了时间。恼羞成怒的元兵从别径入天台，尽屠徐常惠全族。

元末，方国珍曾在虎狼关设寨抗元。元顺帝至正二十七年(1367)丁未，朱元璋命参知政事朱亮祖攻打台州。亮祖率马步舟约数万人驻新昌，遣部将严德，破平关岭山寨以攻台州，严德是役战死于台州，被追封为天水郡公。

圣地多佳话。关岭头村有许多历史传说。据传，小康王南逃时，到今皇渡桥村，遇大水无法渡过，正踌躇时，忽见一块白布挂在水上，两岸对拉。高宗顿觉奇怪，认为是有救之兆，即顺而过，待上岸回眸，并无桥现。小康王回京后，想起渡桥脱险，下旨建造"皇渡桥"。现在的皇渡桥村之名即由此而来。

小康王的圣旨牌增添了此关的特殊荣誉，得“文官下轿，武官下马”殊荣。传说有一次，温州府台上任过此，不下轿直行，突然轿杠断折。府台疑违旨受责，即下轿返府祭祀，后欲登程前往，轿杠无援，不能上路，灵机一动，让轿夫用手巾缚之就用，扛着府台至温州上任，安全无恙。府台上任后赠匾一块："我有二天"。

据《新昌县志》记载，清咸丰十一年(1861)彩烟人杨增龄起义，联络诸暨何文庆响应太平军，太平军由诸暨入嵊县，占领新昌，出榜安民，设卡招兵，其部将水大王梁佩书攻天台与天台民团相恃于关岭。

在新昌、天台两县分界牌之中点，有侯王庙。侯王庙祀朱(亮祖)、叶(琛)二侯。相传二侯曾从征明州过此，后皆被党诛，后人念其功，故为其立庙，称“二侯庙”，视为“侯王庙”。庙内有朱、叶二侯圣像，当时因为此关地势险峻，又是台、绍两府交界之重要关口，且二侯生前经过此关，故将二侯奉此以纪念。

立庙后，新昌、天台附近几村，分内、外两柱，轮年值祀，并置有庙产，田约两亩，山约一亩，为祭祀和烧茶之本。

庙内有较多的文物。立庙时有“序碑”一块，以及历代修庙、修凉亭、修路等集资碑和求灵应验之赠匾数块，有庙名侯王庙一块，天台齐大人(召南)赠“三台宝障”一块，温州府台赠匾“我有二天”一块，小康王造皇渡桥圣旨碑一块。

侯王庙前隔路有“地藏王庙”三间。每年农历七月三十地藏王生日时，地藏王香客到处都是，范围遍及天台白鹤、新昌儒岙、斑竹等。

(三)关岭头村的社会结构

关岭头村共有68户,新楼下村管辖13户,占1/4,北面新昌上八坞村管辖55户,占3/4。在关岭头村居住的是王、章、徐、陈、吴、张、马七姓。在七姓中王姓最多,有28户,王姓是从山东迁居嵊州黄泽前良,第九代迁到儒岙南山,第十三代迁到关岭头村。第二是章姓,现有23户,章氏据南明章氏宗谱记载,其源于福建浦城,系五代闽国章仔钧后裔,明洪武十三年(1380)刘基作序的《章氏宗谱序》中,章氏始祖章木生三子,长子天辅迁居泽岭,后居嵊县(今嵊州市)阮庙,其后裔章耀迁居斑竹居住,其子孙分迁居关岭头。章氏后裔章婆(鄞州籍)为咸丰壬子(1852)科清代状元。他考取后到斑竹祭祖,在斑竹下街头重修章氏祠堂,工艺精湛,在老屋台门中堂上方挂有皇帝赏赐"状元及第"匾一块。第三位是徐姓,徐姓5户,是徐赂后裔,其第十三代孙世禄迁居徐岙(即儒岙),后迁居东山。第四位是陈氏,有5户,陈氏是中华民族大姓之一,全国有7000多万人口,自周武王灭商后,封胡公满于陈,据彩烟1926年重修宗谱记载,该系陈氏一世祖陈棋丹阳人,唐大历(766—779)间任浙江督郊,其后迁天台。陈氏祖陈均正,北宋进士,吏部尚书同父居天台妙山,陈姓从左溪迁至关岭头村。第五位是吴氏,3户,起源于姬姓。夏国后裔吴泽顺(第十八世),居天台欢岙,其后裔迁住关岭下路廊。第六位是张姓,3户,由张文订父亲在20世纪40年代从儒岙镇白岩坑迁居到关岭头水井湾山厂。第七位的马姓现为1户,其祖辈从白鹤镇青岙迁入关岭。当时从四面八方迁居关岭的乡民,有经商做小买卖的,开店的，但多数以务农为生。

七姓中，最先迁居关岭头的是章姓，其后为王姓，这些迁居而来的移民，其姓氏与地界之间的分别基本上较为明确，陈、吴、马三姓现住在天台，其余四姓均住新昌。

二、风俗习惯的差异

关岭头村地跨两县，又跨两府。虽然在同一地理环境下，但由于从不同的家族迁移过来，故而保持着原来的风俗习惯。而这种风俗一旦形成，就具有一定的稳定性和长期性。加之受不同行政区划管辖的影响，关岭头村虽在同一个村落里，却形成了不同的民风民俗。一碑之隔，碑北边是新昌口音，碑南边是天台口音，许多东西的名称也不同。例如天台叫米背，新昌叫图背；天台叫粉筛，新昌叫麻筛；天台叫筻豆，新昌叫茶豆；天台叫吃饭，新昌叫食饭。

(一)岁时习俗

1.春节

农历正月初一是春节，是大节。天台方面早上吃传统五味粥，用豆腐、红枣、芋、红薯加大米，意味着五谷丰登；中午吃食饼筒，是在头年的除夕做的；晚上吃扁食。新昌则不同，早上吃饭，是在头年除夕做的，表示丰年有余，正月初一要做新年饭、年糕、粽子、豆腐等斋天斋地，以祈当年有个好收成；中午吃麦饼，意味着团团圆圆；晚饭则无讲究，吃得较为随便。除了吃之外，天台方面正月初一不拜年，正月初二一般不走亲戚(除非头年有人过世)，一般初三开始走亲戚；但新昌方面无此习俗，初一、初二都可以走亲戚。如家中有人去世，新昌方面为死后第一年初一、初二接客，同时还有灵前设案、供祭品，晚辈要拜长辈，表示敬意。初一、初二都可以接客，是因为家中人少，要去拜年的户数多，怕主人家太忙之故。天台在家中有人去世的情况下定初二为拉客日，一则使死者之家在初一办好初二吃的饭，二则参拜的人争取到齐。初一、初二不走亲，是因为天台方面认为初一是诸佛圣下凡之日，是平安吉庆之日，全家人都要在家过一个一年的第一天。春节新昌女婿要送年糕、水糕、粽、猪肉等给岳父母，天台则在正月初三。

2.元宵节

在天台，元宵节为正月十四夜，有民谚“十四夜，间间亮”。这一夜，每户人家、每间房屋都高燃明烛。其来历源于明朝戚继光抗倭。传说，戚继光得知倭寇要在正月十四偷袭县城，预先将部队埋伏在城内各处，又命令家家户户准备灯烛，一旦战斗打响，每家每户每间房子灯火通明。后来，倭寇被打败了，四处溃逃，因为每户人家都灯火通明，无处躲藏，故全部被擒。从此，这一习俗就传了下来。还有一种说法，据《临海县志》记载，元朝农民起义领袖方国珍只恐朱元璋趁元宵佳节前来偷袭，故提早一日过元宵节。晚饭一般吃年糕、粽子，晚饭后点灯过通宵，并且每人床前放置许多双鞋子，因为有天公赐福分粮的传说，即床前鞋子放得越多，天公赐粮食越多。睡前要吃“胡辣沸”，其为天台的一种特色食品，一种用蕨粉(俗称山粉)、番薯粉调成的咸羹，里面放精肉、冬笋、川豆、菠菜、豆腐干、香菇等菜肴，除菠菜之外，其余菜肴都要弄成粉状。当然，也有用桂圆、红枣、水果片等做作料调成甜羹的。新昌过元宵节一般都是正月十五这一天，夜餐一般吃大米饭，其他没有什么讲究。天台方面正月十四和十二月廿四忌讲不吉利的话和做不到的事。俗话道："二十四晨头十四夜。"如果谁犯了禁忌，主家就担心有不吉之兆。而新昌不忌以上两天，只忌立春之日，因为一年之计在于春，立春吉祥则今年吉祥；另忌小孩子四岁，都不说四岁，说两双岁，探亲或看望病人不送四样礼物，三样或五样均可。

3.清明节

清明节两方都有扫墓的习俗，但在时间上有所不同。新昌最早为春分后三天开始，清明节前三天结束。天台方面，清明节前三天结束，以春节后开始为最早。清明节天台民间吃青饺或捣青馍糍，因为其"青"源自返青最早的草，抗寒力最强。吃了青饺、馍糍，可以抵御冷雨伤人体，因为过了清明，农民农活忙起来了，在外头难免受雨淋。古话说："吃了清明饭，天晴落雨要出贩。"再则祈祷祖宗在阴府像"青"一样早日返阳。新昌方面则以吃嵌糖馍糍为多。

4.端午节

不同的是吃食方面，天台方面吃扁食，新昌吃饺子或汤包。据说元人耳朵亮，专门打听我们祖先消息，以利侵犯，所以每户在门上插菖蒲剑和蒿，并把吃的做成元人的耳朵状，意味着割了(吃了)元人的耳朵，以保平安吉庆。同时还喝雄黄烧酒，在房屋四周洒雄黄烧酒，以不受妖怪之侵。

5.七月半

每年农历七月半为鬼节，都吃食饼筒，天台方面可先请祖宗亦可让子孙先吃，新昌方面则一定要祖宗先吃。

6.中秋节

中秋节为团圆节，两方都有吃月饼的习俗，向长辈送月饼，不同的是新昌方面向长辈送月饼时还要有老酒，而天台方面则无此习俗。

7.重阳节

新昌的习俗是捣馍糍；天台则吃年糕，意为生活步步高。

8.冬至日

两方都吃糯米粉圆。天台方面有浇糖的、做馅的、咸汤的，种类多。新昌方面种类不如天台多。

9.除夕

新昌吃饭，天台则吃食饼筒，除夕夜为团圆饭。

除节日外，平时吃的也还是天台方面品种多。有饭、粥，根据各人食性可捞粥、煮饭；还有麦粉等做“镬拉拖”，有菜筒、鸡子灌，还有麦饼、肉鸡子；还有麦饼头揣成的粉团，用手把粉团压扁、挤圆，适以当厚度贴铁锅上，用菜做馅，待烧熟了，上面抹油，味香可口。

天台人煮饭、煮菜分开操作，有冷菜也有炖菜，有客人的话就先炒菜，再煮饭。新昌人一般没有煮粥、捞饭，有麦粉制品，如馒头、春饼包油条，或香干“镬拉拖”。他们煮饭，必须将饭和菜一起煮。方法是剩米饭下锅，加适量水，菜炖羹烧一定时间，饭菜都熟了即吃。

(二)礼仪习俗

1.婚姻

说媒,两方基本相似,封建社会里都是由父母做主。先由媒人到男方家介绍女方家庭情况、兄弟姐妹、女儿相貌、父母家教等,再到女方家介绍男方的品貌、家产。双方父母根据介绍,认为门当户对即可答应。现多为自由恋爱。

具体步骤有以下几道:纳彩,男方向女方送小礼,表示求亲。问名,男家问清女子姓氏、生辰八字,然后进行问卜,得吉兆即向女家报喜。然后媒人就聘金数目、猪肉、糯米、小麦等向双方磋商,叫纳币。取得双方父母同意即可择日办理,男方先送礼物到女方家,还要送新娘一身衣料。新昌方面礼物与天台不同,其聘礼是老酒 4 雕(坛),大的 4 雕(坛)或大小各 2 雕(坛)均可,给长辈的纸包(白糖等)。接纸包的长辈要给新郎见面钿。本户近亲长辈有几户就要给几双礼包(一般指祖父母、岳父母、外公、外婆、娘舅、父母、姑父母等),每个礼要白糖 5 斤、桂圆 2 斤、荔枝 2 斤、榨面 20 斤。

完婚日,以男方为主。第一,根据男女双方生辰八字择日,开好日子单,内有行轿、装饰、打扮上轿进门等时辰,媒人将日子单送给女方父亲。新昌方面夹有日子银当面交割,意为给娘家办嫁妆。天台方面则在订婚时出日子银。第二,娶亲日子一到,天台男方轿夫按时辰起轿,轿后挂两盏灯笼点亮,女方爆竹迎接,新娘按时辰打扮准时上轿;新昌方面由兄弟抱上轿,新娘身边带茶叶、米,以防路上不适,向轿外撒米以保顺利进门。第三,大粪日一到,男方在前一日或两日送礼物到女方家,叫送羹，其礼物与订婚时一样。天台方面是猪肉米面；新昌按女方请客多少，必须送炊糕、小馒头给每位客人一双，按大鱼每桌一条、肉糕每客两块送去。第四，嫁娶日仪式基本相似。第五，闹洞房。新昌一般以猜拳吃酒方式来玩，猜拳时对话都是些吉利的内容（如祝愿小孩出生、长大、中状元等）。而靠天台一边，闹洞房的举动可没有新昌那么文静。一般都到新娘房间千方百计拿些东西就走，等新娘用红鸡蛋换回为止。

第二天早饭后，天台方面的新郎要挑一担菜到岳母家，一般九种，说是送肚痛羹，表示对生囡时肚痛的报答。但岳母不能全收下，要还新郎海参、莲子，意思有子孙继子孙，还要给新郎数十个红鸡蛋。还有嫁去的桶里放五个生鸡蛋。闹洞房时人们拿生蛋能换来熟鸡蛋，且一个生蛋可换数个熟蛋。在棉被的四角和中央各放一个红蛋，一条棉被放五个蛋表示五子登科，这一切都是讨彩。第三天，天台娘家亲戚兄弟叔伯、长辈随同主家父子掮馍糍去女婿家，男方父亲同坐一桌相陪，菜也特别好，吃后散场，新娘在这天出房烧饭。新昌则看满月，满月时，兄弟、叔伯都来看望。这就等于娘家人请新娘回家，新娘可以返娘家了。新昌一边凡女儿一方有小孩满周时，女婿一方一定要用嵌糖馍糍、勾周（满周岁）果等送到外公、外婆家，然后由外公、外婆家分给各邻居家，而邻居又要送还鸡蛋或小糖、饼干之类，以及外公、外婆为小孩所购置的衣裤、鞋、帽之类，供女婿带回给小孩。可是天台一边小孩满周时，却由外公、外婆一方把小衣裤之类送到女婿家，然后由女婿一方分给邻居。

2. 丧葬

天台的丧葬仪式:父亲或母亲死后,先择时日,再向亲戚报丧。长子须亲自到娘舅家报丧,穿着白折、青裙进门,跪娘舅前说死因,何日何时去世,外甥不肖,如有错待父母,请娘舅包涵等语。其他亲戚处派人去亦可。家内将尸体搬出中堂摆设孝堂。到出丧这天,亲戚朋友等在出丧时辰前两小时左右开始拜座,如亲戚、下辈人多,可提前。拜座形式:先由家内子女等直系亲人拜起,后亲友陆续拜祭。如是死者同辈人,拜祭则要孝子跪倒在旁陪拜,一般都默香三跪三拜即可。新昌人拜座要七跪八拜,特别是女婿、孝子要将祭桌上的各碗头,捧起三进三退,时间很长。来送丧的客人都要用钞票送礼,时辰一到,读过告单,盖棺出丧。发丧时亲人扶起步,一步一停,二步一停,三步一停,扶出百步外加快,意不任野鬼侵夺。入圹后,子孙亲人再请一遍,每人默香随牌位领魂绕坛顺三圈倒三圈,随扛夫锣声响领魂回家,是夜即做归山七。

新昌的死者出丧这天:由长子身穿死者之衣服,手拿香火先拜门神,拜完关上门,贴上绿纸。所有门户都要拜、贴,以表示日后死者之魂可以自由进出。长子拜完门神后再去卖水。在卖水时,凡死者家属包括近亲身穿孝服,手拿香火带斋祭礼,领着乐队敲锣打鼓到水井边祭井,祭毕后向井内投入钱币若干,然后盛起一盅水带回放在中堂桌边,等到扛夫送烧床骨灰时一起带出抛掉。在完成以上两步工作后,接下来晚辈们进行拜忏。

第一步,拜忏时进行四十八拜。拜时先由长子拜祭,其步骤如:长子一出场,先整帽,后整衣服,点香火先拜天后拜地,再拜中堂。进入孝堂,拿起孝子衣冠,放在祭桌旁边,开始向神主举手鞠躬,鞠第一躬后向右横边退出一步一鞠躬,再上一步一鞠躬,又上一步一鞠躬,然后双手捧起酒壶向神主前两个酒盏内洒上几滴酒,放下酒壶立正一鞠躬,退回一步一鞠躬,三步三鞠躬后,再向左边做与右边一样动作,再至神主前,等退到祭桌中间前,跪下将酒洒一点至祭桌下的酒碗内,剩下部分双手捧着酒盏,向右边一步一鞠躬,三步完毕,放在神主前,对祭桌上每一盆果子、羹饭一一祭拜,拜完为止。长子拜完后,按辈分一一拜祭。

第二步,女婿为父母做祭。岳父母死后出殡这天,女婿一定要为死者做祭。做祭时女婿除祭桌上放祭礼(指猪头、鸡等)外,还要捧出香烟、糖果、香皂、毛巾和六个红包,给扛夫、厨师、乐队、风水先生、端盘、户主等。户主红包是女婿送给户主买祭礼用的。这里要补充的是,在天台这边,死者出殡这天,桌上应放有祭礼,先由子女进行祭拜,接下来按辈分大小进行朝拜,朝拜时一进孝堂,在祭桌上点上香火,手捧香火三跪三鞠躬,即完毕。

送葬过程中的差异:新昌方面孝子头上戴有三良冠(即用稻草编圈套在头上),在三良冠边上嵌上棉球,如果系女方长辈,死前右边嵌一个棉球,若为男方长辈,则在左边上嵌一个棉球,双方都死,两边各嵌一个。这样使旁观者一目了然,谁是孝子。而天台方面却没有这个风俗,只是孝子头上缠上一根白布条,白布条比一般送葬者长一点而已。在送葬过程中,新昌方面的孝子扶棺材杠走，而女婿不能扶杠，也不能抢前走。同时只有孝子、孝女、孝媳可以持孝子棒，其余晚辈一律不用。如果死者是男的，孝子棒一定要用毛竹做；如果死者是女的，则用青枫皮树枝做。天台一律用毛竹或其他竹子做成。

3. 做寿

第一，新昌方面的女婿为岳父母做寿，是在岳父母年满50岁时开始。做寿礼品，一般要视其岳父母家有几桌，亲近叔伯女婿就要送几桌。其礼品一般有嵌糖馍糍、肉、肉糕、鸡等加上小馒头，其中肉和肉糕要有两碗，一碗吃了，另一碗给女婿带回。

第二，平辈做寿。凡近亲者年满30岁都要互相做寿（40岁这个年龄不做，认为是不吉利的），等到年满50岁以后，晚辈都要为长辈做寿。而天台方面凡长辈年满60岁者，晚辈均为其做寿（指近亲）。

因为户籍关系，新昌和天台人享受的福利待遇难免出现了一些区别。

譬如广播喇叭，房屋虽然交叉分布，却是两县分装的，听广播时可要细心，是天台通知开会，还是新昌有事传达。再如村民的饮用水，天台来自水井湾，新昌则引自新昌龙潭口。又比如读书，天台小孩要到松关小学，新昌小孩则就读于新昌治国坞小学，虽然路程都不远，却各奔东西。

结论：综上所述，笔者认为关岭头村"一村二俗"这个课题涉及面相当广。据笔者深入调查后认为：第一，关岭头村在同一环境下出现不同的民风民俗，首先是由于移民带来了自己原来所特有的风俗、信仰，而这种风俗、信仰又具有相当的稳定性，所以，即使生活环境改变了，迁移过来的人都还是保持着原来的习俗，并形成了不同的民风民俗。然后是由于行政方面、地理环境方面、经济走向方面的影响。第二，关岭头村"一村二俗"差异在岁时节令、生活方面较大，在生产方面较小，这同地理环境相同不无关系。因为在农业社会，相同的地理环境决定职业，职业同生产连在一起，生产需要环境，环境相同，故习俗差异不大。第三，随着现代社会经济交往的日益频繁，两县风俗逐渐在同化。

访谈对象：王英贤　男　74岁　初中
章必正　男　69岁　小学
章口人　男　71岁　小学
陈桂华　女　89岁　初中
徐德富　男　59岁　小学
王团林　男　40岁　小学
王传溪　男　63岁　初中

《天台县传统经济社会文化调查》，民族出版社2005年版

后　记

花的开放，不是为了争奇斗艳，而是为了不辜负宝贵的生命。每个人心中都有一株妙法莲花。人生，不是为了争强好胜，而是为了找回自我的灵性，传播正能量。

文章是思想和情感的综合。这是我的第一本文集。体现了思想上从幼稚逐步走向成熟的过程。接下来，将出版“问道”系列。

人活着就是为了感恩。因为只有一个感恩的人，才能不断发现世界的美好。同时，一个感恩的人，才能不断向世界传递正能量。

这也是我把自己的工作、学习体会总结成集的原因。希望有缘人能或多或少从中得到某些启发，心灵上得到某种相通，或许人生就会因此而改变，所谓“悟透一句话，改变人一生”，因为“话不在多，人心最暖”。虽然文章有些杂乱，但我相信总会有人因此与我惺惺相惜，哪怕只因为一两句话。“世界很大，总要回家”，回家的路，永远是最美的路，而对美的追求和向往是人之共性。

当一个人拿起一张纸的时候，其实已经和整个世界联系在一起了。从种树到加工到运输其实联系的是整个世界。因此本书的出版，我首先感恩社会的付出，感恩世界的和平，感恩有缘众生的成就。

感谢是一时的，感恩是一世的。同时，特别感恩给我生命的父母。感恩妻子许咪相濡以沫的支持。感恩天台县地方志办公室的诸位同志加兄弟的支持。感恩两年来风雨同舟的台州市同创办的战友们。

作 者

2015 年 6 月